KB035114

SF 작가입니다

SF 작가입니다

딴 세상 사람의 이 세상 이야기

제1판 제1쇄 2020년 2월 20일
제1판 제3쇄 2021년 11월 15일

지은이   배명훈
펴낸이   이광호
주간   이근혜
편집   박지현
펴낸곳   ㈜문학과지성사
등록번호 제1993-000098호
주소   04034 서울 마포구 잔다리로7길 18(서교동 377-20)
전화   02) 338-7224
팩스   02) 323-4180(편집) 02) 338-7221(영업)
전자우편 moonji@moonji.com
홈페이지 www.moonji.com

ISBN 978-89-320-3600-7 03810

이 도서의 국립중앙도서관 출판예정도서목록(CIP)은 서지정보유통지원시스템 홈페이지
(http://seoji.nl.go.kr)와 국가자료공동목록시스템(http://www.nl.go.kr/kolisnet)에서
이용하실 수 있습니다.(CIP제어번호: CIP2020006333)

SF 작가입니다

딴 세상 사람의
이 세상 이야기

배명훈 에세이

문학과지성사

길모퉁이의 SF

유치원 때부터 대학생 때까지 성당에 다녔다. 그러니까 대략 20년쯤 되는 모범생 생활에는 유치원 시절도 포함이 되는 모양이다. 지각하지 않고 하지 말라는 일 안 하고 열심히 다니다 보니, 어느 날부터 어른들이 이런 말을 하게 되었다. 너는 성직자가 될 것 같다고. 그때나 지금이나 이상한 소리였다. 고등학교를 졸업하고 국제정치학이라는 분야를 알게 되자마자 마키아벨리에 깊은 감명을 받을 운명이었으니까. 혹시라도 내가 경건해 보였다면 단지 말수가 적었기 때문일 것이다. 나는 학교를 다니는 일이 버거웠다.

어른이 되고 난 뒤에 성직자가 될 것 같다는 말을 다

시 생각해볼 기회가 있었다. 어딘가에 낼 자기소개서를 쓰면서였다. 그제야 어른들이 왜 그런 말을 했는지 깨달았다. 그들이 보기에 나는 학자가 되거나 글 쓰는 사람이 될 것처럼 보였을 것이다. 그런데 당시 내 주위에는 학자나 작가가 없었다. 예술가도 대학원생도 마찬가지였다. 대신 신부님은 흔했다. 외국 신부님, 잘생긴 신부님, 웃긴 신부님, 학자 같은 신부님.

갓 스무 살이 되었을 때 나는 큰돈을 벌지는 못하더라도 먹고살 수만 있으면 평생 할 수 있을 만큼 재미난 일두 가지를 발견했다. 학자가 되는 것과 소설을 쓰는 것이었다. 학자가 되겠다는 것은 교수가 되겠다는 뜻이 아니었다. 어떤 식으로든 공부를 하면서 살면 후회 없이 재미있게 살 수 있겠다는 뜻이었다. 소설도 마찬가지다. 베스트셀러 작가가 되거나 큰 상을 타겠다는 욕심은 없었다. 그저 취미로 꾸준히 쓰고 싶었을 뿐이다. 직업으로는 학자가 되고, 소설은 혼자 꾸준히 연마하다가 은퇴할 나이즈음에 본격적으로 글을 발표하겠다는 계획이었다. 막상해보니 둘을 합쳐도 경제적으로는 그다지 안정적이지 못하다는 사실을 깨닫고 방향을 조금 전환하고 말았지만, 아무튼 그 시절의 작은 야망은 그랬다.

성직자까지 보태서 세 개를 동시에 해도 성공했다는

소리를 듣기는 어려울 만큼 미미한 야망이었으나, 나는 결국 그 두 가지를 꿈꾸며 20대를 보냈다. 놀랍게도 이 일은 계획에 따라 착착 진행되었다. 다만 계획 자체가 좀 이상했을 뿐인데, 대학원 석사과정까지는 내 능력으로 끝낸 다음 30대에는 남들이 좀처럼 상상해본 적 없는 이상한 직업을 갖게 되는 것이었다. 즉 결과가 뭐가 될지 스스로도 알 수 없는 계획을 세운 것이다.

계획에 따라, 나는 공부를 계속하는 선배들이 그랬던 것처럼 학부를 마치고 시험을 봐서 공군에 장교로 들어갔다. 3년간 행정 일을 했는데, 여기서 행정 일이란 진짜 행정 일을 포함한 각종 잡다한 일을 말한다. 모범생 생활을 계속하는 중이었으므로 이때 번 돈의 상당 부분을 모아서 대학원을 다니는 데 썼다. 그리고 외교학과에서 전쟁을 공부했다. 이 부분도 조금 역설적으로 들려야 하는데, 별로 안 이상하게 들리는 사람은 정치학을 아는 사람이다.

SF는 '과학소설'로 번역되지만, 나는 SF를 쓰려면 과학보다는 국제정치학을 공부하는 게 낫다고 주장하곤 한다. 진심으로 이야기해도 농담으로 받아들여지는 말이어서 늘 진지하게 하게 되는 주장이다. 국제정치학은 SF와 많이 가깝다. 세계에 대해 고민하게 만든다는 점에서 그렇다. 고시를 장려할 것이라는 선입견과는 달리 외교학과는 정말 이상한 과다. 외교학과 대학원에서 한국 근대문학을 공부할 수 있다는 사실을 아는 사람은 많지 않을 것이다. 아카데믹한 학풍을 지닌 학과의 지적인 자유로움 같은 것인데, 생계 등을 생각하면 길게 누릴 수 있는 자유는 아니다.

그래도 어디로 뻗어갈지 모르게 만드는 자유로움은 이상한 직업을 찾아가는 여정에 도움이 된다. 그래서 이 이상한 계획이 마무리될 때쯤, 나는 갓 스무 살 무렵에 계획한 대로 그 당시에는 생각해본 적도 없고 대부분의 사람들은 존재하는지조차 몰랐던 신기한 직업을 갖게 되었다(난생처음 발표해본 소설에 실제로 들어간 표현이다). 대학원을 졸업하기 전, 나는 SF 작가로 데뷔를 했다.

그럼, 이제 이런 질문을 던져보자. SF 작가는 어떻게 만들어지는가? 국제정치학 때문에 만들어진다고 답하는 사람이 있다면, 그 사람은 아마 내 인생 계획보다도 이상한 사람일 것이다. 보통은 SF 독자가 자라서 SF 작가가 되었을 것이라고 생각하기 마련이다. '장르'라는 말이 강조되다 보니, 여기서 말하는 SF 독자는 SF를 그냥 좀 좋아하는 사람이 아니라 광적으로 좋아했던 사람일 것이라는 선입견까지 작용한다. 그렇게 작가가 된 사람도 적지 않지만, 일단 나는 그런 방식으로 내 직업에 도달하지 않았다. 나는 SF를 쓰겠다고 생각하고 그것을 쓰게 된 사람이 아니고, 내가 쓰는 글이 반쯤은 SF라는 사실을 뒤늦게 깨달은 사람이다. 다시 말해서 한국 SF 독자들이 공유하는 무언가를 함께 겪지 않은 사람이라는 뜻이다.

그러므로 나는 "SF란 무엇인가" 하는 근원적인 질문에 답하기에 아주 적합한 사람은 아니다. 예전에는 SF 작가 자체가 많지 않고 그나마 있는 사람들의 존재도 많이 알려지지 않아서 별수 없이 내가 답해야 하는 경우도 많았지만, 다행히 그런 시절은 훌쩍 지나가버렸다. 또한 다시 그 시절로 되돌아갈 일도 없을 것이다. 한국 SF가 그만큼 풍성해졌다는 뜻이다. 나는 이제 다른 사람들을 대신해서 한국 SF에 대해 답할 필요가 없어졌다. 완전히 면제된 것은 아니지만 다른 사람을 대변할 책임이 많이 줄었다. 대신 이제는 내 이야기를 하면 된다. 비로소 홀가분한 기분이 되었고, 그래서 내 이야기를 쓸 수 있게 되었다.

이 책은 이런 홀가분한 기분으로 진행될 것이다. '본격 SF 안내서'라기보다 '길모퉁이의 SF' 같은 느낌이다. 『길모퉁이 남자들』이라는 책 제목에서 착안한 말인데, 이 책은 사회과학 방법론을 공부하다 보면 만나게 되는 참여관찰 연구법의 고전으로 원래 제목은 *Tally's Corner*다. 사회과학 방법론이라니, 골치 아픈 책일 것 같지만 사실은 반대다. 저자인 엘리어트 리보우는 흑인 사회를 이해하기 위해 그들이 사는 동네로 직접 들어간다. 연구자이니 당연히 사회학 이론이야 잘 알고 있었겠지만, 특정한 가설이나 지적인 도구는 챙겨 가지 않는다. 눈에 보이는 것을 그대로 기록하는 것을 목표로 삼았기 때문이다. 그 결과 탄생한 것이 바로 이 이야기책 같은 학술 서적이다.

연구자들이 가끔 이런 접근 방식을 선택하는 이유는 구체적인 실물을 발견해내기 위해서다. 개념으로 정의된 인간이 아닌, 실제 인간을 발견하는 일 말이다. 이렇게 말하면 마치 개념적인 인간에 관해 이야기하는 것이 구체적인 인간을 그려내는 작업보다 덜 바람직한 일처럼 들릴지도 모르지만, 반드시 그런 의미는 아니다. 개념은 사실 꽤 유용하다. 민주주의를 한 번도 경험해본 적 없는 나라라도 거기에 사는 사람들이 민주주의라는 개념을 알고 있다면, 그들은 자신들의 사회가 어느 방향으로 나아가야 하는지를 대단히 구체적으로 상상해볼 수 있다. SF도 마찬가지다.

그런데 이 접근 방식에는 상투적인 맹점이 있다. 실제로 존재하는 사람이 개념으로 정의된 인간보다 못해

보이는 부작용이다. "그 사람은 진정한 ○○○가 아니야" 같은 말이 나오는 상황을 떠올려보자. 여기서 '그 사람'은 실제로 존재하는 인간이고 '진정한 ○○○'는 관념으로 존재하는 인간이다. 둘 중 누가 더 진짜에 가까울까?

이 또한 일률적으로 정답을 말할 수 있는 문제는 아니다. 다만 이 책을 통해 나는 개념적이고 이론적인 SF보다는, SF 작가의 구체적인 삶과 작업 현장 근처에서 실제로 일어나는 일들을 다루는 데 집중할 계획이다. 나는 진정한 SF 작가인가? 잘 모르겠다('진정한 SF 작가'가 뭔지도 잘 모르겠다). 그런데 내가 소설가이고 또 SF 작가라는 점은 별로 의심의 여지가 없다. 나는 의심의 여지가 없는 이 지점에 서서 '나'와 '소설'과 'SF'에 관한 이야기를 하게 될 것이다.

또한 이 책에서 나는 SF에 관한 또 다른 선입견에 반론을 제기할 것이다. SF는 종종 딴 세상에 존재하는 글로 여겨진다. SF 작가를 실제로 목격한 사람들은 그런 직업이 세상 어딘가에 존재하리라는 것은 알고 있었지만, 이렇게 실물로 볼 수 있을 줄은 꿈에도 몰랐다며 깜짝 놀라곤 한다. 한국인만 그런 게 아니라 외국인들도 마찬가지다. 물론 이들 중 상당수는 소설가라는 직업 역시 개념으로만 인식하고 있는 경우가 많다.

SF 작가는 존재하는 실물이다. 내가 써내는 글은 한국에 있는 출판사에서 출간되고 한국에 있는 서점을 통해 독자에게 소개된다. 한국 현대소설이라는 거리의 어느 모퉁이를 돌다 보면, 실제로 나를 맞닥뜨리게 되는 경우도 일어날 수밖에 없다는 말이다.

나는 가끔 이런 질문을 받는다. "SF 작가라고 불러도 실례가 아닐까요?" 배려에서 나온 말인데, 물론 SF 작가로 불리는 것은 기분 나쁜 일이 아니다. 누가 어떤 느낌을 담아 말하든, 나에게는 오히려 영예로 여겨지는 말이다. 이 책을 읽고 나면 왜 내가 SF 작가라는 호칭을 기꺼이 받아들이는지 이해하게 될 것이다. 그 또한 이 책의 목표 중 하나다.

포부야 어떻든, 사실 어떤 사람이 책 한 권 분량에 걸쳐 펼쳐 보일 수 있는 이야기란 결국 예측 가능한 범위에 있을 수밖에 없다. 그 이상을 시도하다가는 책임지지도 못할 거짓말을 하게 되기 마련이다. 그런 걱정이 앞서지만, 아무튼 이 글의 요지는 이 책이 저 위 어딘가에서 내가 던진 "SF 작가는 어떻게 만들어지는가?"라는 일반론적인 질문에 일반론으로 답하고 마는 책은 되지 않으리라는 예고다.

나는 모범생 생활을 한 기간만큼이나 오랫동안 글쓰기를 좋아했다. 만약 청소년 시절의 나를 아는 어른이 지금의 나 같은 사람을 만난 적이 있다면, 그는 나에게 성직자가 되라는 말 대신 SF를 써보라고 권했을지도 모른다. 물론 어린 시절의 내가 만약 그 이야기를 들었다면, 이미 들어본 적 있는 SF 작가 대신 다른 직업에 도달하는 여정에 스스로를 내맡겼을 것이다. 결국 쓸모없는 충고가 되고 말겠지만, 그래도 나는 그 충고가 꽤나 고마울 것이다.

차례

1부

태초에
SF가 있었다

세계를 담은 이야기

SF를 쓰는 데 도움이 되는 전공이 있다면 어떤 것일까? 국제정치학이다.

아무리 진심으로 이야기해도 농담으로 받아들여지는 말이어서 늘 진지하게 하게 되는 주장이다. 물론 다른 작가들은 다른 걸 배우는 편이 더 도움이 된다고 말할 것이다. 이 점을 감안하고 들어주기 바란다. 국제정치학은 SF와 도대체 무슨 관련이 있을까?

2005년에 SF 작가로 데뷔하고 몇 년간은 이런저런 지면에 단편소설을 발표했다. 그 시기에 가장 많이 들었던 질문은 "김은경은 누구인가요?"였다. 지금도 내 소설에 늘 등장하는 주인공 이름이다 보니, 혹시 실제 인물을 모델로 한 것이 아니냐는 질문을 받게 된 것이다. 같은 대답을 하도 많이 해서 FAQ가 되어버렸지만, 김은경은 실제 인물이 아니다. 다만 등장인물 이름을 새로 짓느라 집필 초기의 속도감을 잃어버리는 게 싫어서 늘 같은 이름을 가져다 썼던 것인데, 작품이 수십 편 축적되다 보니 나름대로 캐릭터가 구축된 인물이라는 것이 그 답이다. 반복되는 질문에 가끔 장난으로 받아친 적이 있고 그게 화근이 되었던지 김은경 실존 인물설을 주장하는 사람도 생겨났지만, 기회가 있을 때마다 밝혀왔듯 그 주장은 사실이 아니다.

이 질문이 시들해졌을 때쯤 가장 많이 받은 질문 1위를 탈환한 것은 "그걸 전공하고 왜 소설을 쓰시나요?"다. 질문의 속뜻은 출세하는 전공을 택해놓고 왜 소설 같은 걸 쓰고 있느냐는 말이겠지만, 나는 굳이 속뜻을 헤아려서 답하지 않는다. 사실은 눈치가 빠르지 않아서 그때그때 감을 잡지 못했기 때문이기도 하다.

모범 답안은 이렇다. "국제정치학을 배우면 소설 쓸 때 할 말이 엄청나게 많아요. 게다가 저는 전쟁을 공부해서 전쟁소설도 열심히 쓸 수 있고요." 앞서 말했듯 나로서는 진지하게 하는 대답이다. 나 혼자만의 생각도 아니다. 나는 내 지도 교수님의 마지막 두 제자 중 하나인데,

다른 한 명은 미스터리 작가로 데뷔했다. 얼마 후 은퇴하시는 선생님께 앞으로 무슨 일을 하실지 여쭤봤더니 선생님 또한 소설을 써볼까 생각 중이라는 대답을 들려주셨다. 나는 선생님의 소설이 엄청 기대되는데 언제 볼 수 있을지는 장담할 수 없다.

외교학과라는 이름을 달고 있기는 했지만, 거기에서 배우게 되는 것은 외교 실무가 아니다. 심지어 고시 대비 과목도 아니었다. 다들 입학하고 나서야 눈치를 챘는데, 국제정치학이 가르치는 것은 세상이다. '세상 돌아가는 일' 할 때의 그 세상이다.

이 일의 의미를 깨닫기까지는 오랜 시간이 걸린다. 명색이 대학 학과 과정인데 한가하게 세상 돌아가는 일을 가르치고 말 수는 없기 때문이다. 그래서 외교학과에서는 일단 세상이 아니라 '세계'를 가르친다. 세상보다는 객관적인 개념이 세계라고 생각하고 하는 말인데, 이것은 그냥 내 용법일지도 모르니 다른 곳에 가서 옮기지는 않기를 바란다. 이렇게 몇 년쯤 세계를 배우다가 학부 고학년이나 대학원 때쯤 되면, 지금까지 배운 것이 세계가 아니라 '세상'이라는 사실을 다시 깨닫게 된다. 세계라는 것은 인간이 인지하기에 너무 큰 대상이라 어떤 도구를 사용하건 있는 그대로 대면하는 것은 불가능하고, 결국 축약과 생략의 과정을 거칠 수밖에 없기 때문이다.

이 축약과 생략의 과정을 세 글자로 옮기면 '세계관'이 된다. 즉 국제정치학을 공부하면 세계관이 무엇인지에 대해 고민할 기회를 제대로 얻게 되는데, 세상을 이해하거나 새로운 세계를 창조해내는 능력은 SF나 판타지 소설을 쓰는 것과 매우 깊은 관련이 있다. 매번 새 세계를 구축하는 일이 전혀 부담스럽지 않다면, 원래도 즐거운 SF 창작이 한층 더 즐거워지는 요인이 되기도 한다.

SF를 쓰는 데 도움이 되는 국제정치학의 다음 특징은, 이 학문이 원래 제왕의 학문이었다는 점이다. 입학 후 20년이 훌쩍 넘은 시점에서 나는 동기들 중 전공을 가장 잘 살리고 있는 사람 가운데 하나다.

원래는 그렇지 않지만, 결과적으로 국제정치학은 정말 실용적이지 않은 학문이다. 여기에서 배운 지식을 실용적으로 활용하려면 일단 정책 결정자 집단에 들어가야 한다. 그게 아니면 국제 뉴스를 남들보다 조금 더 잘 이해하는 정도에 그칠 뿐인데, 이것조차도 일상생활에서는 증명하기가 쉽지 않다. 따로 시험을 보는 게 아니기 때문이다.

그런데 나는 어떤가? 나는 『첫숨』에서처럼 우주에

떠 있는 인구 50만 명이 사는 도시의 전략과 미래를 그려볼 수도 있고,『타워』에서 했듯이 역시 50만 명이 사는 674층짜리 건물 하나로 된 도시국가의 정치적 선택을 좌지우지할 수도 있다.『춤추는 사신使臣』에 나오는 50만 명으로 이루어진 작은 천하의 운명도 내가 이끄는 대로 흘러간다. 어쩌다 50만 명에 집착하게 됐는지 알 수 없는 노릇이지만, 이 규모를 정하는 것 또한 내 재량이다.

인구 50만 명이 사는 공간은 5천만 명이 사는 공간에 비해 안쪽의 깊이가 훨씬 얕다. 그래서 이야기를 진행시키다 보면, 주인공들이 사회 내부로 계속 파고들기보다는 금방 경계 바깥쪽으로 고개를 돌리게 된다. 50만이라는 숫자의 비밀은 아마 거기에 있을 것이다.

SF의 인물은 왕과 비슷한 면이 있다. 먹고 자고 일상을 유지하는 구체적인 삶을 가진 인간이면서 동시에 온 세상의 변화와 밀접한 관련이 있는 사람이다. 이를테면 혁명이 일어나 왕이 벌써 네 번이나 바뀌었는데도 그 사실을 전혀 모르고 살아가는 유형의 인물과는 반대에 놓여 있다는 뜻이다.

현대에 와서 이런 '중요한 개인'은 왕이나 장군에게만 국한되지 않고 제국의 시민으로까지 확대되었을 것이다. 아주 오랫동안 인류를 대변하는 SF의 주인공이 주로 미국 국적의 백인 남자였던 것은 단순한 우연이 아니다. 심지어 21세기 한국 작가가 쓴 SF에서도 미국 남자가 주인공인 경우가 종종 발견될 정도다. 이렇게 왕이나 장군으로부터 확대된 '중요한 개인'의 범위는 점차 다른 성별, 다른 국적의 사람들에게까지 이르게 됐다.

그런데 한국인들은 아직도 자신들이 작은 나라에 살고 있다고 생각하는 경향이 있다. 예전에는 더 심했고 지금은 확실히 덜하지만, 외국인들이 생각하는 것보다 한국인 스스로 생각하는 나라의 크기가 더 작다는 것은 꽤 특이한 현상이다. 크기에 대한 인식보다 더 신기한 점은, 자신들이 세상의 한쪽 구석에 놓여 있다는 식의 위치에 대한 자각이다. 특히나 한국인이 세상의 변화에 앞장서는 이야기를 어색하게 여기거나 반대로 지나치게 자랑스러워하는 경향은, 한국 작가가 SF를 쓰는 데 방해가 되는 문화적 특징이다. 양쪽 모두 주인공의 자리가 한국인의 몫은 아니라고 여기기에 일어나는 일이다.

실용성이라고는 찾아보기 힘든 국제정치학 따위를 교양으로 쌓는 경험은 이런 심리적 저항과 과도한 자부심을 상당 부분 완화시킨다. 학교교육이 암묵적으로 주입하는 국가 중심적이고 민족주의적인 세계관을 적극적으로 무력화하기 때문이다.

이쯤 되면 SF를 쓰려면 국제정치학을 필수로 배우라는 말이냐 하는 질문이 나올 텐데, 그보다는 한국인이면서 동시에 지구인이 되라는 충고에 가깝다. 국적을 떠나 그냥 지구인이 되어버리는 것은 적극적으로 추천하지 않는다. 그럴 경우 많은 사람들이 미국인이면서 지구인인 주인공의 이야기를 써버리기 때문이다. 실제로 그렇게 살아온 사람이 아니라면, 단지 그런 이야기들을 많이 읽어왔다는 이유로 미국인이 주인공인 이야기를 써내는 것은 바람직하지 않은 선택이다. 삶이 없는 지구인이 되어버리기 일쑤여서 그렇다.

내가 한 공부가 나에게 미친 영향 중 무시할 수 없는 것 하나를 떠올려보자면, 늘 훌쩍 떠날 준비가 되어 있다는 점이다. 외무고시를 준비한 것도 아니고 외교관이 될 생각은 해본 적도 없지만, 외교학과라는 이름의 영향 때문인지 나는 언젠가 한국을 떠나 살게 될지도 모른다는 생각을 하고 있었다. 같은 공부를 한 다른 친구들도 마찬가지인 것 같은데, 적극적으로 떠날 준비를 하고 있지 않았더라도 외국에서 살아야 할 상황이 되면 오래 고민하지 않고 떠나기로 마음을 먹게 되는 식이다. 당사자만 그런 게 아니라 가족들도 몇 년 떨어져 사는 일쯤은 이미 오래전에 각오했다는 듯 자연스럽게 받아들일 정도다. 집을 나와 어디론가 떠나면서 시작되는 내 이야기 속 자아는 이런 배경에서 나온 것일지도 모른다.

"그 전공을 하고 SF 같은 걸 쓰게 된 과정"은 사실 이만큼이나 자연스럽다. SF를 쓰려면 국제정치학을 공부하라는 충고는 반은 농담이고 나머지 반만 진담이지만, 다음 말만은 온전히 진담이다.

다 그런 건 아니지만, SF는 세계를 담은 이야기일 때가 많다. 그리고 내가 결국 SF 작가가 된 것은 20대 내내 국제정치학을 공부한 탓이었다.

SF가 잘 써지는 공간

　　최근 한국 SF는 성장기를 맞고 있다. 지난 몇 년 사이 SF 작가의 수가 급격히 늘었을 뿐만 아니라 SF 작가로 분류되지 않던 기성작가들이 SF를 쓰는 일도 훨씬 많아졌다. 출판사에 SF 소설이 투고되는 비중이 워낙 높아져서, 예전에는 SF를 다루지 않던 출판사들도 이제는 그것을 소화해낼 방법을 진지하게 고민 중이라는 이야기도 들린다.

　　그렇다면 사람들은 왜 SF를 쓰게 되었을까? 내 가설은, 사람들은 원래 SF를 쓰고 싶어 했는데 어떤 이유로 그럴 수 없었다는 것, 그리고 최근 몇 년 사이에 그 문제가 어느 정도 해결이 되었다는 것이다. 작가로서 내가 차지하고 있는 특수한 위치에서 경험적으로 체득한 가설일 뿐, 연역적으로 증명된 지식은 아니라는 점을 염두에 두고 이야기를 진행해보자.

나는 한국어로 SF를 쓰는 작가라면 누구나 직면하게 되는 실질적인 장벽을 다음 두 가지 질문으로 요약하곤 한다.

주인공이 한국인인 SF를 써도 되는가?
광화문 상공에 UFO를 띄울 수 있는가?

첫번째는 언어의 문제고 두번째는 공간의 문제지만, 결국 둘은 같은 맥락으로 이어진다.

먼저 언어 문제를 생각해보자. 장편소설 『첫숨』의 구상을 끝낸 다음, 잠깐 동안 나를 망설이게 한 것이 바로 이 문제였다. 우주 공간에 떠 있는 인구 50만 명이 사는 도시 곳곳에 한국어로 된 지명을 부여해도 될까? 주인공 이름을 전부 한국 이름으로 지어도 괜찮을까? 소설 안에서 사람들이 사용하는 언어를 한국어로 해도 어색하지 않을까?

아마 미국 작가들은 이런 고민을 하지 않아도 될 것

이다. 할 수도 있지만 안 하더라도 큰 흠이 되지는 않는다. 미국 SF에서 외계인들은 영어를 잘하는 경우가 많다. 영화 「아바타」를 떠올려보자. 낯선 행성의 원주민들에게는 모종의 영어 교육과정이 있다. 그리고 그들 상당수가 지구에 사는 나보다 영어를 잘한다. SF 드라마에서 과학자가 어려운 개념을 설명할 때, 듣고 있던 사람이 갑자기 "잉글리시!" 하고 외치는 장면은 어떤가. 이 말의 의미는 물론 외국어처럼 알아듣기 어려운 말로 설명하지 말고 쉬운 말로 이야기하라는 것이다. 그런데 그 말을 영어로 하면 쉬워지는 게 맞는가.

이 현상의 의미를 따지기 전에, 작가로서는 우선 부럽다는 생각이 앞선다. '저 언어권 작가들은 언어에 대한 고민을 정말 안 하는구나.' 그런데 한국어로 SF를 쓰다 보면 이 부분이 항상 막힌다. 『첫숨』을 쓸 무렵 나는 이미 열 권 이상의 SF 단행본을 낸 상태였지만, 이 점이 망설여지기는 마찬가지였다.

지금도 어떤 한국 작가들은 주인공이 미국인인 SF를 쓴다. 우주를 배경으로 활약하는 주인공이 한국인인 이야기를 보면 어쩐지 부끄럽다는 생각이 남아 있기 때문일 것이다. 더 놀라운 점은, 붐을 맞이하기 전 중국 SF계나 심지어 미국에 맞먹는 우주 관련 기술을 보유한 러시아 SF에서도 미국인이 주인공인 작품들이 발견되곤 한다는 것이다. 작가들에게 이 문제가 얼마나 보편적인 고민거리인지 엿볼 수 있는 대목이다. 우리가 감히 SF를 가져도 될까? 작가들은 오랫동안 이 문제를 고민해왔다.

사실 한국 문학계는 이제 한국인이 주인공으로 등장하는 SF를 어색하게 여기지 않는다. 한국 SF계의 이야기가 아니라 한국 문학계에 관한 이야기다. 한국 소설을 잘 읽지 않는 독자에게는 아직도 어색함이 남아 있을지 모르지만, 적어도 창작자들의 영역에서는 더는 고민하지 않아도 되는 문제다. 비결은 무엇일까? 특별한 비결은 없다. 그냥 나 같은 작가들이 계속해서 한국인이 주인공인 SF를 써왔기 때문이다.

다음은 공간 문제다. 광화문 상공에 UFO를 띄워도 될까? SF 영화에서 지구를 점령하러 온 외계인들이 찾아가는 곳을 떠올려보자. 뉴욕, 런던, 베이징, 파리, 타지마할, 앙코르와트, 피라미드…… 강대국 주요 도시 아니면 관광지다. 랜드 마크가 있는 곳에 가까운데, 아무튼 서울은 포함되지 않는 경우가 많다. 나는 강연 중에 종종 이런 화두를 던진다. "UFO가 나타나서 어느 나라 정보기관이 추적에 나섰는데 그 기관 이름이 국정원." 청중들은 보통 이 말을 듣자마자 웃음을 터뜨린다. 한국인의 머릿속에서 한국 정부가 지구 문제를 해결하기 위해 나서는 상황은 깊이 생각하기도 전에 어색하게 들리는 것이다.

이것은 현실 세계의 문제와도 관련이 있다. 한국은 세계 문제를 다루지 않는다. 주로 북한을 상대하면서 가끔 주변 지역 문제로 골머리를 앓을 뿐이다. 난민 문제가 세계 주요국들의 가장 중요한 이슈였던 해에 한국인들은 이 고민에 동참했을까? 하지 않았다. 지구온난화를 구체적인 정책 문제로 받아들이는 한국인은 얼마나 될까? 한국인들은 화성 탐사에 얼마나 관심이 있을까? 달 탐사에 한국 정부의 예산이 투입되는 데 적극적으로 동의하는 한국인은 얼마나 될까?

해방 이후 한국에는 글로벌 이슈가 없다. 그것은 기본적으로 우리 문제가 아니다. 미국이 해결할 문제다. 한국의 국제정치는 그런 식으로 구성되어 있다. 그러니 외계인도 굳이 한국까지 찾아올 이유가 없다. 이 글에서 광화문을 콕 집어 예로 든 것은, 그 공간이 한국 사회와 정치의 변화를 이끄는 상징적 중심지이기 때문이다. 한국에서 가장 중요한 사건이 벌어지는 무대였다는 것이다. 그런데 이 공간에서 전 세계에 영향을 미치는 사건이 일어나도 될까?

한국 대중의 머릿속에는 '그렇지 않다'라는 답이 암

묵적인 전제처럼 탑재되어 있다. 그래서 그들에게 읽힐 소설을 구상하는 SF 작가는 구상이 거의 끝난 소설을 두고 스스로 이런 질문을 던지게 된다. 우리는 과연 SF 이벤트를 유치할 수 있는 자격이 있는 나라의 국민일까?

세상에는 SF가 잘 써지는 공간이라는 것이 있다. 장르를 막론하고, 작가가 한 편의 소설 속에서 능숙하게 다룰 수 있는 공간의 크기를 떠올려보자. 어느 정도의 크기일까? 아마 마을 하나 규모를 넘어서기 힘들 것이다. 대도시를 배경으로 하는 경우도 마찬가지다. 주인공의 생활 반경에 있는 장소가 여러 군데 등장할 수는 있지만, 하나의 플롯에서 대도시 전체를 빠짐없이 다루기는 어렵다. 『타워』에 나오는 '빈스토크'는 인구가 겨우 50만 명밖에 안 되는 중간 규모의 도시지만, 나 또한 이 도시의 모든 면을 샅샅이 책 한 권에 담지 못했다. 사람은 그런 식으로 살아가지 않기 때문이다. 현실 세계의 작가도, 소설 속 등장인물도 마찬가지다. '생동감 넘치는 주인공'을 공간 중심으로 다시 표현하면, '공간을 잘 이해하고 자연스럽게 그 공간을 활용하는 사람' 정도가 될 텐데, 이런 인물들이 활약할 수 있는 공간의 크기는 대충 마을 하나 정도인 셈이다.

그런데 SF는 그런 작은 공간과 그 안에서 살아가는

주인공을 통해 세계를 다루고 우주를 펼쳐 보여야 한다. 어떤 전략이 가능할까? 가장 쉬운 방법은 주인공이 사는 동네를 세계의 중심지 혹은 우주적인 이벤트가 일어나는 바로 그 지역에 갖다 놓는 것이다. 예를 들면 우주 공항이 직장인 서비스직 노동자 이야기처럼, 주인공의 생활 반경 자체를 우주와 관련된 공간으로 옮겨버릴 수 있다. 아니면 이웃집 여자와 점심을 먹었는데 그가 내일모레 화성으로 떠난다는 소식을 듣게 되는 경우처럼, 평범해 보이는 일상 공간이 갑자기 우주와 이어지게 만들 수도 있다.

이런 플롯을 구상하기에 뉴욕 같은 도시는 참 편리한 곳이다. 저녁 먹고 산책하다가 강 건너를 바라다보니 유엔 본부가 보이기도 하는 공간이니까. SF가 잘 써지는 공간이란 이런 곳이다. 일상이 전 지구적인 공간 혹은 우주적인 이벤트와 직접 닿아 있는 곳. 시카고에 사는 내 지인 부부는 영화 「트랜스포머」에서 자기들이 사는 집이 외계인의 공격으로 박살 나는 장면을 자랑스럽게 이야기하곤 했다. 늘 지나다니던 곳에 외계인이 쳐들어오는 이야기가 낯설지 않은 사람들에게 그런 이야기를 새로 하나 지어내는 것은 그리 어려운 일이 아닐 것이다.

문제는 대부분의 한국인이 그런 공간에서 살고 있지 않다는 점이다. 한국인의 생활공간에는 우주가 없다. 사실은 대양도 없고 대륙도 없었다. 묘하게도 한국인은 지구의 한구석에 웅크린 채로 살아가고 있다. 애초에 구석이 있을 수 없는 구형의 행성에서 말이다.

그런 의미에서 SF는 제국의 장르다. 좀 덜 과격하게 표현하자면, SF는 자신감의 영향을 많이 받는 장르다. 한국 작가가 쓴 SF의 주인공이 미국인인 것은, 작가가 전 인류에게 영향을 미치는 사건의 주인공이 한국인인 이야기를 다소 뻔뻔스럽다고 여겼기 때문일 것이다. 혹은 대중이 그렇게 생각할 것이라고 지레짐작했기 때문일 수도 있다. 그런데 해당 문화권에서 성장하지 않은 사람이 외국인을 문학적으로 잘 다루기는 쉽지 않다. 그래서 미국인이 주인공인 한국 SF는 왠지 「신비한 TV 서프라이즈」에 나오는 외국인 재연 배우처럼 되고 만다. 사실 그 주인공은 진짜 미국 사람조차도 아니기 때문이다.

작가에게 이것은 그냥 웃어넘겨도 되는 사소한 문제가 아니다. SF가 잘 써지지 않는 공간에서 사는 우리가, 미국인을 주인공으로 등장시키지도 않은 채, 과연 생동감 넘치는 인물과 그 사람이 살아갈 공간을 만족스러울 만큼 잘 표현해낼 수 있을 것인가?

결과부터 말하자면, 이것은 극복 가능한 과제였다.

이 또한 특별한 비결은 없었을 것이다. 앞서 말한 것과 마찬가지로 나 같은 한국 작가들이 꾸준히 한국인이 주인공인 이야기를 써내면서, 결국은 이 문제를 극복해냈다고 믿는다.

과정을 설명하기 위해, 미국 고전 SF의 한국 팬들이 현대 한국의 SF 작가를 평가할 때 종종 사용했던 '생활 SF' 같은 키워드를 언급할 필요가 있을 것이다. 나도 종종 들었던 이 평가는, 사실 칭찬을 위해 고안된 용어는 아닌 것으로 짐작된다. 과학이나 기술 같은 "중요한" 주제보다는, 왠지 한국인의 삶을 표현하는 "사소한" 목적에 더 집중함으로써 한국 SF를 영 이상한 곳으로 몰아가고 있다는 부정적인 평가와 연결되곤 했던 말이니까. 아무튼 이 표현을 만든 사람들조차 꾸준히 증언해온 바와 같이, 나를 포함한 한국 SF 작가들은 SF에서 한국어와 한국인과 한국적인 공간을 다루는 법을 오래 연마해왔으며, SF가 잘 써지지 않는 공간에서 모국어로 SF를 쓰는 일이 그다지 실험적으로 보이지 않을 때까지 그 결과를 부지런히 축적해왔다.

아직도 한국어로 SF를 쓰는 것이 어색하게 여겨지는 작가가 있다면, 나는 이런 간단한 해법을 권해줄 수 있을 것이다. 현대 한국 SF 작가의 최신작을 몇 권 읽어보면 된다. 즉, 이 문제는 이미 해결된 것이나 다름없다.

이 기여가 별것 아닌 것으로 여겨지지는 않기를 바란다. 15년간 주인공 이름이 '김은경'인 SF를 써서 발표하는 일은 생각만큼 단순한 과정이 아니었다.

선험적 SF

　태초에 SF가 있었다. 물론 실제로 있었다는 말은 아니다. 이 글의 주제는 SF가 언제부터 존재했는지가 아니라, SF가 태초부터 존재했다고 가정하는 사고방식에 관한 것이다.

　서양 학자들이 쓴 책을 보면 이런 사고방식을 종종 접하게 된다. 태초에 원시 공산 사회가 있었다. 태초에 모든 인간이 만인의 만인에 대한 투쟁을 이어가는 자연 상태가 있었다. 혹은 무인도에 빵 만드는 기술을 가진 사람과 옷 만드는 기술을 가진 사람이 표류했다는 식의 변종도 생각해볼 수 있다. 거슬러 올라가면 성경을 만나게 될지도 모른다. 태초에 신과 낙원, 인간과 유혹 그리고 죄가 있었다.

　심지어 카를 폰 클라우제비츠의 『전쟁론』도 이런 구조로 씌어 있다. 세계대전처럼 무자비한 전쟁의 당위를 역설한 것으로 종종 오해받는 '절대전쟁'은, 말하자면 태초의 전쟁 같은 이상적인 관념이다. 그 뒤에 나오는 것이 '마찰'이라는 개념인데, 이 마찰 때문에 현실 세계의 전쟁은 절대전쟁의 형태로 치달아가지 않고 어정쩡한 상태에 머무른다는 것이 클라우제비츠의 설명 방식이다. 뭔가 아련한 기억이 떠오르지 않는가? 그렇다. 이것은 마찰 없는 상태에서의 포물선 운동을 기술한 다음, 마찰이 있는 상태를 가정해 다시 계산하는 근대 물리학의 설명 방식과 같다.

　이런 이분법적 사고방식은 서양 학자들만의 전유물은 아니다. 그리고 현실과 동떨어져 있는 이런 관념들은 꽤 유용한 지적 도구다. 외국 여행을 가서 현지 음식을 먹어본 사람들은 한국에 있는 외국 식당에서 그 맛을 보고 고개를 갸웃거린다. 오스트리아에서 '카이저젬멜Kaisersemmel'이라는 빵을 먹어본 내 친구는 연구를 거듭한 끝에 한국에서 그 빵을 굽는 데 성공했다. 오스트리아의 수도 빈에 있는 카페 자허의 토르테(케이크)인 '자허토르테Sachertorte'라는 개념이 존재하기에 한국 빵집 체인은 자허토르테를 흉내 낸 케이크를 만들어낼 수 있다. 그리고 현지에서 그 음식을 먹어본 사람들은 이름에 이끌려 케이크를 산 다음, 맛을 보며 고개를 갸웃하게 된다.

SF도 마찬가지다. 한국에서 태초의 SF는 미국 SF다. 일본 SF도 있고 동유럽 SF도 소개되어 있지만, 선험적 SF 역할을 한 것은 주로 미국 SF와 거기에서 추상화된 개념들이다. 독자도 작가도 출판사도 턱없이 부족하던 시절, 이 선험적 SF는 한국 SF가 어떤 모습이어야 하는지를 보여주는 길잡이가 되었을 것이다. 어떤 SF가 좋은 SF인지, 어떤 미학이 SF만의 매력인지를 가르는 기준이 모두 여기에서 나왔을 것이다(사실 나는 SF 작가로 데뷔하기 이전의 한국 SF계를 경험해보지 못했으므로 나에게는 이 시기도 다 선사시대이기는 하다). 한국 SF의 역사는 꽤 길지만, 수십 명의 작가군이 서로에게 영향을 미치며 독자적인 미학을 다음 세대로 이어가는 과정이 활발하게 일어난 기간은 그보다 훨씬 짧다. 그러니 선험적 지식에 대한 의존은 더 커질 수밖에 없다.

이 의존의 과정에서 SF 불모지론이 나왔으리라 생각한다. 말하자면 외국 음식을 현지에서 먹어본 사람이 한국에 있는 외국 식당에서 똑같은 음식을 맛보고는 고개를 갸웃하는 과정이다. 민주주의가 자리 잡지 못한 나라에서 민주주의의 부재를 이야기하는 사람들처럼, SF 불모지론을 이야기하는 목소리에도 어떤 절박함이 담겨 있었을 것이다.

종종 이 불모지론은 SF 관계자들끼리 하는 농담의 소재가 되기도 했다. "그럼 우리는 털도 아니란 말이에요?" 하는 어느 작가의 말처럼. 그런데 몇 해 전부터 나는 이 농담을 즐기지 않는다. 이유는 단순하다. 한국 SF는 이미 불모지가 아니게 되었기 때문이다.

SF "팬덤"에 속한 적이 없어서 작가 후보군에도 포함되어 있지 않다가, 어느 날 공모전을 통해 갑자기 데뷔해버린 SF 작가에게 선험적 SF란 구체적으로 어떻게 생긴 개념이었을까? 선험적 개념을 몇 줄로 정리해서 보여주기는 쉽지 않지만, 데뷔 후 10년쯤 지난 뒤 그 시절을 돌아보면서 나는 재미있는 기억 하나를 건져냈다. 'SF의 하위 장르'라고 하는 세부 카테고리에 관한 기억이었다.

카테고리는 범주다. 나도 자세히는 읽어보지 않았지만 칸트의 말과도 밀접한 관련이 있는 개념이다. 현실 세계의 의자가 아닌, '의자라는 관념'인 셈인데 이 문장을 자신 있게 쓰기 위해 칸트의 책을 들여다볼 용기는 나도 없다. 공부를 하다가 그만뒀다는 것은 이런 의미다. 그러니 얼른 칸트는 잊고 범주 이야기로 넘어가자.

자연과학에서는 숫자로 측정을 하는 것이 일반적이다. 그런데 통계학적 방법을 사용하는 경우를 제외한 인문학이나 사회과학에서는 범주를 사용해서 측정을 하게 된다. 쉬운 예로, 어떤 사람의 정치적 입장을 측정해보자. 언뜻 떠오르는 것은 좌파 아니면 우파다. 그러나 범주가 둘밖에 없다는 것은 눈금이 10센티미터 간격으로 그려져 있는 자로 물리학 실험 결과를 측정하는 것과 같으므로, 공부를 많이 한 사회과학자는 더 많은 범주를 갖게 된다.

10여 년 전 『타워』를 출간했을 때 어떤 사람들은 나를 좌파로 분류했다. 그런데 정치학적으로 내 위치는 현실주의에서 구성주의로 넘어가는 어느 지점이다. 그게 도대체 어디쯤인지는 중요하지 않다. 세상에는 좌파와 우파보다 많은 눈금이 존재한다는 것이 요점이다. 구조주의, 생태주의, 자유주의, 이상주의, 신자유주의, 수정주의, 무정부주의, 공산주의, 사회주의, 조합주의…… 아무튼 정치적 입장을 가리키는 눈금은 엄청나게 많다. 이렇게 어떤 대상을 잘 안다는 것은, 그 대상을 구분할 범주가 많다는 뜻이기도 하다.

SF도 마찬가지다. 어떤 하위 장르를 떠올릴 수 있을까? 시간 여행, 대체 역사, 포스트 아포칼립스, 스페이스 오페라, 테크노 스릴러, 사이버펑크, 하드 SF, 소프트 SF, 인조인간, 평행 우주, 유토피아, 디스토피아, 페미니즘 SF…… 모든 항목이 같은 층위에 있는 것도 아니고 정리하는 사람마다 다른 분류 기준을 내놓을 게 분명하지만, 아무튼 언뜻 떠올려봐도 10여 가지가 넘는 카테고리가 등장한다. 범주마다 '태초의 이야기' 수십 편씩을 상상할 수 있다는 말이다.

재미있는 지점은 바로 이 부분이다. 내가 갓 SF 작가로 활동하기 시작한 무렵, 내 머릿속에서 떠올릴 수 있었던 한국 SF 작가의 숫자는 넉넉잡아도 열다섯 명 정도에 불과했다. 작가보다 작가들을 구분하는 범주가 더 많았던 것이다! 나는 나중에서야 이 사실을 발견하고는 묘하게 유쾌한 기분이 들었다. 그 시절, 꼬집어 말할 수는 없지만 작가인 나를 억누르고 있던 이상한 무게감의 정체를 마주할 수 있었기 때문이다. 선험적 SF가 경험적 SF보다 무거웠던 시절의 풍경이다.

소비자가 아닌 창작자에게 범주란 어떤 의미일까? 거칠게 말하면, 어떤 작품을 발표했을 때 "아, 이건 테크노 스릴러네" 하고 세세 항목까지 분류된 다음 더 이상의 논의가 이어지지 않는다는 뜻이다(『은닉』이 이렇게 분류됐다). 나도 처음에는 왜 이렇게 되는지 영문을 알 수 없었다. 그러다 시간이 지난 뒤에야 무슨 일이 일어났는지 깨닫게 되었다. 범주에 의한 '측정'이 한차례 완료된 것이다. 물론 이해를 돕기 위해 거칠게 표현한 것이므로 모든 SF 독자들의 독서가 이런 식으로 끝났다는 이야기는 아니다. 다만 또 다른 측정 방식, 즉 작품 자체를 읽는 일이 덜 중요해지는 경향이 있었던 것은 사실이다. "그 친구 좌파야" 하는 규정에서, 그 사람이 무슨 이야기를 하는지 자세히 들어볼 용의는 없다는 의지를 읽어낼 수 있는 것과 마찬가지다.

한국의 선험적 SF가 갖는 또 다른 특징은, 이 범주들 사이에 우열 관계가 있다는 것이다. 지금도 어떤 SF 독자들은 과학 이야기가 그야말로 "하드하게" 등장하는 하드 SF만이 진짜 SF라고 주장한다. 대부분의 SF 종사자가 이 의견에 동의하지 않지만, 이 경우에도 과학을 전면에 내세운 SF가 좀더 SF다운(매우 좋다는 뜻이다) SF라는 인식은 넓게 퍼져 있다. 그리고 놀랍게도 이 과학 분야 안에는 또 다른 우열 관계가 형성되어 있다. 천문학과 물리학이 중요하게 다뤄지는 반면, 생물학과 화학은 SF의 중심에서 더 떨어져 있다.

'어떤 SF는 다른 것보다 더 SF다운 SF다.' 이런 규범이 존재한다는 사실은 작가의 창작 의지를 짓누르곤 한다. 더 좋은 평가를 받는 이야기가 있다는 것을 알아도 자꾸만 다른 종류의 이야기를 쓰고 싶은 것이 작가다. 본능을 따를 것인가, 규범에 충실할 것인가.

게다가 이 인식이 선험적 관념일 때는 문제가 하나 더 추가된다. 선험적이라는 것은 아직 경험하기 전이라는 뜻이다. 이 표현을 소설에 적용시키면 이런 말이 된다. "책을 읽어보기도 전에."

독서가 시작되기도 전에 독자의 머릿속에서 어떤 선험적인 책의 책장이 넘어가는 장면을 상상해보자. 적어도 독자들 중 일부는 눈앞에 놓인 책을 읽는 것이 아니라 눈앞에 있는 이 소설이 과연 '그 소설'과 얼마나 비슷한지를 비교하고 있는 셈이다. 게다가 이때 비교의 대상이 되는 것은 이미 외국에서 850만 부쯤 팔린 책들이다!

거듭 말하지만 선험적 개념에는 순기능이 있다. 그런데도 선험적이라는 말이 부정적인 의미로 쓰이는 경우가 많은 데는 이유가 있다. 아무것도 없는 불모지의 단계를 지나, 마침내 실재가 관념보다 무거워지기 시작하는 시점에서 일종의 패턴처럼 관측되는 현상이 있다. '진정한 ○○'를 찾는 일이다. 최근에 가장 많이 보이는 예로는 "페미니즘은 인정하지만 당신이 하는 것은 진정한 페미니즘이 아니다"라는 표현을 들 수 있을 것이다. "노조는 필요하다고 생각하지만 한국의 노조는 진정한 의미의 노조가 아니다"처럼 비슷한 예를 찾는 것도 어렵지 않다.

무에서 유를 만드는 선험적 관념의 역할이 결실을 맺어 그 관념을 닮은 실제 사물들이 마침내 풍성하게 자라나는 시기에, 진정한 사물이란 과연 어떤 사물을 말하는 것일까? 내가 떠올릴 수 있는 정답은 '눈앞에 놓여 있는 그 사물'이다. 그것 말고 실재하는 것은 없다. 세속의 사물은 늘 불완전하고 성에 안 차지만, 천상의 사물보다 한 가지 측면에서 압도적으로 우월하다. 실제로 존재한다는 점이다.

나에게 SF 불모지론이 더 이상 재미있는 농담이 아닌 까닭은, 이 인식이 최근 몇 년 사이 양적인 측면뿐 아니라 질적인 측면에서도 몰라보게 달라진 한국 창작 SF의 성취를 가리는 맹점으로 기능하기 때문이다. SF 작가층의 저변 확대와 같은 최근의 변화는 함께 활동하는 나로서도 영문을 알 수 없을 만큼 빠르고 극적이다. SF 불모지론이 아직까지도 이어지는 이유는, 어쩌면 단순한 시차 때문일지도 모른다. 창작자만큼 창작계의 변화를 빠르게 감지할 수 없는 경우라면, 2년이나 3년 정도 시차가 생기는 것도 당연한 일이다. 사회의 변화를 감지하는 속도에서도 창작자들은 딱 그 정도 앞서 있는 경우가 많으니까. 하지만 5년, 10년이 지난 뒤에도 SF 불모지론이 이어진다면 그 농담을 즐기는 사람과 나는 이미 다른 방향을 향해 서 있는 상태일 것이다.

데뷔 후 지금까지, 어째서인지 내 작품들은 진정한 SF는 아닌 것으로 분류되어왔다. 나 또한 세상에 그런 카테고리가 존재한다면, 중심에 들려고 노력하기보다 선 안에 들지 않도록 주의를 기울이는 편이다. 다른 사람이 만들어놓은 시장을 잘라먹기보다는 새로운 시장을 개척하고 싶은 포부 때문이기도 하고, 창작자라면 당연히 그래야 한다는 막연한 믿음 때문이기도 하다.

그래도 가끔 서운한 마음이 들 때면 생각해본다. 한국 SF란 과연 뭘까? 내가 내릴 수 있는 결론은 늘 비슷하다. 그냥 내가 쓰는 SF 같은 것들이 한국 SF다. 누구보다 열심히 글을 냈으니 '진정한' 같은 수식어는 굳이 붙지 않아도 좋다.

드래곤의 실용미학

데뷔한 지 얼마 되지 않았을 때 사람들이 앞으로 어떤 글을 쓸 거냐고 물으면, 나는 늘 "이런 글도 쓰고 저런 글도 쓰는 작가가 될 것"이라고 대답했다. SF 작가로 데뷔하기는 했지만 그렇다고 SF만 써야 한다는 의무 규정이 있는 것도 아니고, 무엇보다 다음에 쓰게 될 글이 어떤 글일지 미리 알 방법이 없었기 때문이기도 하다.

그런데 시간이 지나면서 나는 다른 작가들도 비슷한 대답을 하는 경우가 많다는 사실을 깨달았다. 말하자면 내 대답은, 소위 "장르와 문단의 경계를 넘나드는 작가"라는 특이한 포지션에서 나오는 특권이 아니라, 작가라면 누구나 차지하고 싶어 하는 전략적 요충지를 선점하고 싶다는 선언에 가까웠던 셈이다. 무얼 써도 크게 일탈로 보이지 않는 작가라니, 언뜻 봐도 바람직하지 않은가? 물론 무언가를 포기해야 지킬 수 있는 포지션이기는 하지만, 창작하는 입장에서는 이만큼 좋은 출발점도 드물다.

그렇다면 작가는 대체로 장르를 무시하는 편이 좋을까? 다른 말로 다시 물으면, 작가 활동을 시작한 문학장의 영향은 되도록 빨리 벗어나는 편이 낫다는 말인가? 반드시 그렇지는 않다. 다만, 각각의 문학장이 발휘하는 다양한 효과 중 작가에게 필요한 부분은 따로 있다는 점만은 분명히 인식하고 있는 쪽이 바람직하다.

앞에서도 다룬 바 있지만, 장르를 나누는 '범주'는 창작자를 위한 도구가 아닐 때가 많다. 아주 오래전에 어느 영화배우에게서 이런 이야기를 들은 적이 있다. "드라마니, 액션이니, 멜로니 하는 영화 장르는 누가 만든 건지 아세요? 영화계 종사자들이나 비평가가 만든 게 아니라 비디오 대여점 사장이 만든 거예요." 따옴표 안에 넣기는 했지만, 내가 머릿속에서 재구성해낸 표현이라는 점을 밝혀둔다. 그만큼 기억이 정확하지 않다는 뜻인데, 아무튼 이 말의 요지는 장르를 구분하는 기준이나 관점이 창작자보다 소비자의 필요에 맞춰 진화해온 경향이 있다는 것이다.

그래서 안 될 건 없지만, 그래도 창작자는 사람들이 장르의 규칙이라고 말하는 요소 중 많은 부분이 작가의 창작 활동과는 직접적인 관련이 없다는 사실을 파악할 필요는 있다. 얽매일 필요가 없는 말의 굴레에 스스로 갇히지 않기 위해서다.

SF 작가가 자주 받는 질문 중에는 이런 것이 있다. "SF와 판타지는 어떻게 다른가요?" 붙들고 늘어지면 끝이 없는 이야기지만, 창작자는 이런 질문에 답하느라 인생을 허비할 필요가 없다. 정말 어마어마하게 길고 소모적인 논쟁으로 이어지는 입구여서 하는 말이다. 기본적으로 이런 질문에 대답하는 것은 다른 사람들의 임무다.

이 경우 작가에게 실질적으로 필요한 것은 SF의 미학, 그리고 판타지의 미학이다. 그중에서도 글을 쓰는 데 실제로 도움이 되는 SF와 판타지의 미학적 도구들을 능숙하게 다룰 수 있도록 실력을 연마하는 일이 우선이다. 이 글에서는 창작자의 필요를 기준으로 질문을 다시 정의해보자. "SF와 판타지는 어떻게 다른가요?"

나는 드래곤을 좋아한다. 하늘을 날아다니며 불을 뿜는 거대한 생명체. 왜 좋은지 설명하기는 어렵다. 다만 인간은 대체로 날아다니는 물체와 불을 구경하는 것을 좋아한다. 그러니 그 두 가지가 절묘하게 결합된 생명체에게 열광하는 것도 이상한 일이 아니다.

판타지를 배경으로 한 모바일 게임에서는 여러 가지 비현실적인 캐릭터들을 골라 조종할 수 있는 경우가 있다. 나는 드래곤이 보이면 일단 돈을 지불한다. 어느 게임에서든 드래곤은 대체로 강력하다. 하지만 내가 드래곤에 돈을 쓰는 이유는 가격 대비 성능에 대한 합리적인 평가 때문이 아니다. 그냥 드래곤이기 때문이다.

창작자의 관점에서, 판타지의 미학은 이런 식으로 작동한다(물론 나의 주관적인 해석이다). 드래곤의 존재에 대해 별다른 설명을 하지 않는다는 말이다. 드래곤이 등장하는 순간, 관객은 합리적인 이유 없이 그냥 열광하게 되어 있다. 그렇게 하기로 작가와 독자 사이에 암묵적 합의가 이루어져 있다. 『뉴욕타임스』에 실렸던 드라마 「왕좌의 게임」 광고를 떠올려보자. 펼쳐놓은 지면 위에 거대한 드래곤 그림자가 드리워 있는 광고다. 지면에는 텍스트가 깔려 있지만, 드래곤의 그림자는 그 텍스트 전체를 합친 것보다 많은 말을 전달한다. 지금부터 두근거리라는 메시지다.

반면 SF는 다른 유형의 즐거움을 활용한다. 어떻게 그런 기이한 일이 일어날 수 있는지 설명하는 즐거움이다. SF에는 드래곤이 아주 많이 등장하지는 않지만, 스타니스와프 렘의 『사이버리아드』라는 책에는 '확률드래곤'이라는 희한한 드래곤이 나온다. 현실에 드래곤이 출현할 가능성은 거의 없다. 하지만 무한한 가능성을 지닌 우주 어딘가에는 아주 낮은 확률이지만 드래곤 같은 비현실적인 존재가 사는 세상도 존재할 수 있다. 모종의 복잡한 장치를 통해 그 미세한 확률을 계속 증폭시키면, 마침내 드래곤이 존재해도 이상하지 않은 현실이 발생한다. '그러므로' 어느 날 드래곤이 나타나 세계를 파괴하고 다닌다는 설명이다.

똑같은 대상이지만 SF 작가와 독자는 드래곤이 등장하는 순간의 임팩트보다, 작가가 자기만의 방식으로 그 현상을 설명하는 태도에서 더 큰 즐거움을 느낀다. 물론 판타지도 신화나 예언으로 설명을 하는 경우가 있지만, SF의 설명은 그것과는 결이 다르다. 과학적 사고에 의한 설명 혹은 최소한의 합리성을 유지한 채 하는 설명이어야 한다.

여기서 주의할 점을 다시 언급하자면, 지금 나는 실재하는 작가와 독자에 관해 이야기하는 게 아니라 SF와 판타지의 미학을 설명하기 위해 가상의 작가와 독자를 예로 들고 있다. 이 사실을 염두에 두기 바란다. 즉 나는 지금 장르 전체를 가르는 거대한 칸막이를 소개하는 것이 아니라, 창작자들이 유용하게 활용할 수 있는 기술적인 수준의 미학에 관해 이야기하고 있다.

집필에 들어간 작가에게 당장 중요한 것은 바로 이런 식의 세밀한 구분이다. 이유 없이 열광하는 즐거움을 활용할 것인가, 반대로 열심히 설명하는 즐거움을 활용할 것인가.

물론 SF로 분류되는 작품 속에도 '이유 없는 열광'을 활용하는 경우는 많다. 나는 그동안 「스타워즈」 시리즈를 특별히 좋아한다는 생각은 하지 못했다. 그런 무덤덤한 자세로 「스타워즈」 시리즈의 일곱번째 에피소드를 보러 갔다. 결과적으로 나는 내가 이 시리즈를 대단히 좋아한다는 사실을 알게 됐다. 언제 그 사실을 깨달았을까? 영화가 시작하자마자 "오래전 머나먼 은하계에서 A long time ago in a galaxy far, far away" 하는 오프닝 장면이 올라가면서부터다. 설명이고 뭐고 아무것도 필요가 없었다. 이 시리즈의 최근작들은 이런 식의 팬 서비스로 가득차 있다. '실용미학'의 차원에서 이야기하자면, 일종의 불 뿜는 드래곤을 날려대는 것이다.

이처럼 창작자가 사용하는 미학적 도구는, 작품이 시장에서 어떻게 소비되고 있는지를 기준으로 이름 붙인 장르들과 일대일로 대응되지 않는다. 작가들은 정해진 방법으로만 표현하고 싶은 사람이 아니다. 그래서 세상의 수많은 작가들이 "이런 글도 쓰고 저런 글도 쓰는 작가"가 되고 싶다는 소망을 밝히는 것이다.

거기에, 막상 글을 완성해야 하는 처지가 되면 작가는 이미 세상에 나와 있는 장르의 기준이 생각만큼 실용적이지 않다는 사실을 깨닫게 된다. 조금 과장해서 말하면, 작품을 완성하는 과정은 매번 새로운 장르를 만들어내는 것과 같은 일이다. 세상 어딘가에는 화성까지 날아가는 우주선이 이미 존재하지만, 그렇다고 소소하게 달까지만 가는 우주선을 새로 개발하는 프로젝트가 쉬운 것은 아니다. 다른 사람의 노하우를 그대로 갖다 쓸 수 없는 환경에서, 이미 있는 것과 비슷한 결과물을 만드는 일은 반쯤은 그 일을 사상 최초로 해내는 일과 다름없다. 물론 엄살처럼 들리겠지만, 작가들은 새 글을 쓸 때마다 매번 그런 생각을 한다.

이 글에서는 주로 SF와 판타지를 예로 들고 있지만, 미스터리나 역사소설, 기담, 때로는 순문학의 장에서 주로 활용되는 미학까지, 소설을 끌고 가는 즐거움의 종류는 여러 가지다. 그리고 판매량 등 다른 조건이 비슷하다면, 다양한 재료를 활용할 수 있는 작가가 더 행복하리라 믿는다.

다만, SF의 미학을 활용할 때는 주의할 점이 몇 가지 있다. 아마 다른 장르도 마찬가지일 것이다. 흔히들 하는 실수는, 장르의 축적을 무시하는 일이다. SF는 역사가 길다. 대한민국이라는 나라보다 오래됐다. 그 긴 시간 동안 작품이 쌓이면서, 해결해야 할 문제가 생기고 거기에 대한 답이 축적되어 있다. 이런 질문을 던져보자. "인공지능은 인류에게 위협이 될 것인가?" 첨단 과학과 관련된 것처럼 보이는 이 문제에 대해, SF를 처음 써보는 작가가 떠올릴 수 있는 상황의 상당 부분은 아이작 아시모프의 작품에 이미 다 정리가 되어 있다. 그런데 그 아시모프 시대가 언제인가? 6.25 이전이다.

그 뒤로도 인간성을 획득한 로봇의 이야기가 꾸준히 창작되고 있을까? 물론이다. 인공지능 이야기는 거의 조선 시대 양반들이 붓으로 난초를 치는 것과 같은 소재다. 축적된 작품이 이미 너무나 많지만, 지금도 누군가는 이 소재로 새 작품을 구상하고 있을 게 틀림없다. 고전을 다 따라잡을 필요는 없다 해도, 같은 문제에 대해 동시대 작가들이 어느 수준의 이야기를 하는지 알지 못하면, 그야말로 '아시모프 시대'의 상상력을 "전무후무한 상상력"이라고 자랑할 위험이 있다는 뜻이다.

이런 상황에서 새로운 창작물이 의미가 있을까? 사람들의 인식과 달리 SF는 발상의 참신함에 모든 것을 거는 문학이 아니므로, 현대사회에 대한 통찰이 충분히 담겨 있다면 단순한 아이디어에서 출발한 작품이라고 해서 자동으로 시대에 뒤떨어지지는 않는다. 말하자면 발상의 참신함을 광고하지만 않으면 되는 것이다. 그러지만 않으면 될 텐데, 안타깝게도 그 일은 꼭 일어나곤 한다.

다른 한 가지 언뜻 생각나는 실수는, 신기한 일 여러 개가 한 작품 안에서 일어나는 경우다. 한창 유행하는 히어로들의 특수 능력을 예로 들어보자. 등장인물이 개인사를 통해 획득한 능력도 있지만, 어떤 특수 능력은 세계가 인물에게 부여한 것이다. 신의 아들이거나, 세상을 구성하는 독특한 가상의 원리에서 도출된 마법을 구사하는 영웅이 여기에 해당한다. 눈에 보이는 개별 요소 하나가 세계의 규칙과 대응되어 있다. 그런데 한 작품 안에 이처럼 세계와 연관된 개별적인 요소들이 한꺼번에 등장하면 어떻게 될까?

신기한 물건 자체는 어디에나 놓일 수 있다. 인물끼리 섞이는 것 또한 큰 문제가 없을 수도 있다. 티격태격하다가도 끝에 가서는 잘 어울리는 구도를 떠올리는 것도 어렵지 않으니까. 하지만 그 물건이 세계와 밀접하게 관련되어 있을 때는 사정이 좀 다르다. 개체들이 사이좋게 어울리는 동안에도, 각각의 세계는 어딘가에서 충돌하고 서로를 망가뜨린다.

이는 슈퍼 히어로들이 잔뜩 등장하는 영화만이 아니라 게임에서도 흔히 발견되는 광경이다. 게임이 이 모순을 해결하는 비결은 과학 또한 마법의 일종으로 간주해버리는 것이다. 그런데 유일신을 믿는 종교나 현대 과학은 세계(우주) 전체에 적용되는 유일한 원리를 제시한다. 이 두 개만 해도 섞기가 힘들다는 뜻이다. 게임의 경우, 이 같은 모순은 해결되는 것이 아니라 관심을 받지 못할 뿐이다. 과연 소설에서도 이렇게 할 수 있을까?

작가는 최대한 많은 재료를 사용할 수 있는 환경에서 더 행복하게 글을 쓸 수 있다. 하지만 작가가 활용할 수 있는 '실용미학' 중에는 섞어도 되는 요소와 섞으면 안 되는 요소가 있다. 재료를 많이 넣는다고 무조건 좋은 결과물이 나오는 것은 아니라는 의미다.

이제 마지막으로 이런 질문을 떠올려보자. "SF란 무엇인가?" 지금껏 그래 왔듯 나는 이 질문에 곧이곧대로 대답할 생각은 없다. 질문 자체를 관찰하거나, 대답할 수 있는 형태로 바꿔서 딱 그만큼만 대답하는 것이 이 책의 일관된 태도다.

아무튼 다시 "SF란 무엇인가?" 이 질문에 대해 작가들은 가끔, 작가 자신이 SF라고 생각하고 쓴 글이면 SF라는 취지의 답을 내놓는다. 무책임한 정의 같지만, 이 글의 주제를 돌이켜보면 왜 작가들이 이런 답을 하는지 이해가 될 것이다.

좀더 구체적으로 내가 쓴 소설을 예로 들어보자.『고고심령학자』는 SF가 맞을까? 일반적으로 혼령은 과학의 분석 대상은 아니다. 그런데 이 작품에 등장하는 고고심령학은 그냥 심령학과는 조금 다른 학문이다. 짧게 요약하면, 고고심령학은 옛날 귀신을 관찰해서 고고학적 지식을 얻어내는 학문이다.

이제 작가가(내가) 혼령이라는 소재를 어떤 방식으로 활용하고 있는지 살펴보자. 독자에게 공포와 서스펜스를 선사하는 방식으로 소재가 활용되고 있는가? 나는 하나도 안 무서운 이야기를 썼다고 생각하지만, 어떤 독자는 이 소설을 공포소설로 분류할 수도 있다. 그래도 어쩔 수 없다. 다만 내가 이 소설을 쓰면서 채택한 미학적 도구는 무섭지만 왠지 눈을 뗄 수 없는 방식의 재미가 아니라, 현실에서 일어나지 않을 것 같은 이상한 일이 왜 일어나는지를 설명하는 데서 비롯되는 즐거움이다.

혼령을 주재료로 다뤘다고 해서 SF가 아닐 이유도
딱히 없지 않은가. 과학은 소재 자체의 성격이 아니라
소재에 대한 접근 방식으로 정의되는
사고체계이기도 하니까.

물론 결과적으로 이 이야기가 어떤 장르로 분류될지는 내가 결정할 수 있는 일이 아니다. 이런 문제에 끊임없이 신경을 쓸 여유도 없다. 언제나 '장르의 범주에 딱 들어맞게 써야지' 하고 마음을 먹고 있기에는, 창작이라는 활동이 너무 버겁다. 하지만 혼령을 주재료로 다뤘다고 해서 SF가 아닐 이유도 딱히 없지 않은가.

과학은 소재 자체의 성격이 아니라 소재에 대한 접근 방식으로 정의되는 사고체계이기도 하니까.

실사구시의 SF

    혈액형에 따른 성격 구분 같은 걸 믿지는 않지만, 대학원에 다니던 시절 누군가가 재미있는 사실을 발견한 적이 있다. 당시 외교학과 대학원에 재학 중인 학생들을 조사해보니 B형에 가톨릭 신자인 사람이 셋에 하나쯤 됐다. 이례적으로 많았다는 의미다. 나도 마찬가지였다. 특히 가톨릭 부분은, 예전에는 독실한 신자였지만 조사할 당시에는 성당에 거의 나가지 않는 마음만 신자라는 점까지 대체로 비슷했다. 옛날 말로 '냉담자'라고 부르는 상태인데, 요즘은 '쉬는 교우'로도 불린다고 한다. 그런데 냉담자는 쉬는 교우라는 표현을 알 리가 없다. "오늘 결석한 사람 손 들어!" 같은 상황이기 때문이다.

대학원 시절 가톨릭 신자의 특징에 관해 들은 제일 웃긴 이야기는 『프로테스탄티즘의 윤리와 자본주의 정신』에 나오는 막스 베버의 설명이다. 가톨릭은 죄에 대한 셈법이 특이한데, 선행과 죄의 관계가 플러스마이너스 대차대조표 개념으로 구성되어 있다. 반면 옛날 프로테스탄트식 구원 예정설에서는 구원받지 못할 인간은 영원히 구원을 못 받고, 구원받을 사람은 무슨 짓을 해도 결국 구원을 받는다. 이 '심리 테스트'에서도 나는 영락없는 가톨릭이었다.

정말로 웃기는 대목은 합리성에 따른 구분법이다. 막스 베버는 이런 예를 든다. 어떤 사람의 생산성이 향상되어 단위 시간당 생산할 수 있는 양이 늘어난다. 이 경우 인간의 선택은 둘로 나뉜다. ① 목표량에 도달하는 시간이 줄어들었으므로 일을 줄이고 많이 노는 사람, ② 단위 시간당 생산량이 늘었으므로 이윤을 극대화하기 위해 더 많이 일하는 사람. ②번이 프로테스탄트이고 ①번은 가톨릭을 포함한 자본주의 이전의 인간이 되는 셈인데, 당시의 나는 정말로 ①번 같은 선택을 하는 사람이었다.

막스 베버의 설명이 신기한 점은, 합리성처럼 우주 불변일 것 같은 가치도 알고 보면 대단히 상대적이라는 사실을 깨닫게 한다는 점이다. 제삼자의 관점에서 생각해보자. 단위 시간당 생산량이 증가한 사람 앞에 놓인 두 가지 선택지 중 어느 쪽이 더 합리적인가? 둘 다 각자의 방식으로 합리적이다. 단지 어떤 사회는 이런 합리성을 선택하고, 다른 사회는 저런 합리성을 선택할 따름이다.

'이코노미'라는 말이 있다. 경제라는 뜻이다. 우리가 잘 아는, 세상에서 제일 중요하지만 바보는 모른다는 바로 그 문제다. 그런데 막스 베버의 책에서 이코노미는 '먹고사는 문제'로 다시 정의된다. 근대 서양의 '먹고사는 문제'가 우리가 아는 '이코노미'고, 다른 시대 다른 사회는 그와는 다른 방식으로 '먹고사는 문제'를 해결한다. 그 방식은 하나하나가 합리적이다(여기서 합리적이라는 말은 상황을 따지고 재고 한 결과물이라는 의미다). 구체적인 상황에 따라 내용이 조금씩 달라져 있을 뿐이다.

막스 베버에게 카리스마는 제정일치 부족사회의 족장이 지닌 마력과도 같은 것이다. 본질을 그렇게 정의한 다음, 이 '족장의 마력' 개념을 예수에게도 적용하고 나폴레옹과 그로 인해 발생한 근대 정치체제를 설명하는 데도 활용한다. 거스 히딩크 감독이 2002년 한국에서 이룬 일도 족장의 마력으로 설명할 수 있는데, 더욱 신기한 점은 히딩크가 떠난 후 남자 축구계에 일어난 일 또한 막스 베버가 묘사한 카리스마를 지닌 족장이 죽은 후에 일어나는 일들과 놀랍도록 잘 맞아떨어진다는 사실이다.

SF 작가에게는 바로 이런 감각이 필요하다. 다른 행성에 세워진 국가는 어떻게 묘사하면 좋을까? 우선 우리가 아는 국가 개념에서 2020년 지구라는 특수한 환경으로부터 비롯된 요소를 떨어내고, 보다 본질적인 내용을 추출한다. 그다음 새로운 행성의 특수한 환경에 이 핵심 요소를 대입한다. 그런 방법이 현실적이다. 미래 전쟁도 마찬가지다. 전쟁사 책에는 시대를 관통하는 전쟁의 본질이 담겨 있다고 저자들이 늘 주장하는데, 이 본질에 해당하는 요소를 각 시대에 대입한 것이 전쟁사의 구체적인 내용이 되는 셈이다. 이 에센스를 작가가 상상하는 미래 환경에 대입하면 미래 전쟁이 도출된다. 말처럼 간단하지는 않지만, 아무튼 원리는 그렇다.

물론 SF를 쓰기 위해 막스 베버의 책을 찾아 읽으라는 뜻은 아니다. 막스 베버의 책은 읽어내기 어렵다. 읽는 사람 모두가 '내가 이해력이 부족한가' 하는 자괴감을 느낄 만큼 난해한 서술 방식 탓이다. SF 작가에게 필요한 자질은 막스 베버의 책을 막힘없이 읽어내는 독서력이 아니라, 사물의 본질을 파악하고 그것을 다양한 상황에 자연스럽게 적용하는 말랑말랑한 사고력이다. 책에서 배운 것을 교과서 안에 가둬두지 않고 일상생활에 적용하는 실사구시의 정신이 필요하다고도 할 수 있다.

그런데 왜 여기서 학문 이야기를 해야 하는가. SF는 지적인 장르다. 다 그래야 하는 것은 아니지만 분명 그런 경향이 있다. SF 문학장에서 활동하다 보면 작가가 가진 밑천을 남김없이 끄집어내야 하는 경우가 많다. 때로는 유독 지적이어야만 하는 지면을 만나기도 한다. 그래서인지 SF 작가들은 희한하다 싶을 정도로 전공을 열심히 살린다. 국제정치학 전공자는 세계 이야기를, 사회학 전공자는 사람 사이의 관계를, 심리학 전공자는 인지를 핵심 주제로 다루는 식이다. 국문학과 대학원에 들어간 작가는 한 학기 만에 국어학 SF를 써내기도 한다. 대학 시절 전공만 활용하는 것도 아니다. 지적인 소설에 대한 압박이 심해지면, 15년 전 어딘가에서 들은 강연 내용도 쥐어 짜내게 된다. 배운 걸 자랑한다기보다, 모든 것을 동원해 한계에 도전하는 상황에 가깝다.

학문을 소설에 효과적으로 집어넣는 요령은 무엇일까? SF 소설을 쓸 때면 주어진 분량이 약간 빠듯하다는 생각이 들 때가 있다. 이야기를 끌고 가는 것 외에, 소설 속 세계를 설명하는 일 혹은 설정을 풀어내는 작업에 꽤 긴 분량을 할애해야 하기 때문이다. 이때 세계를 설명하

세계를 설명하는 가장 좋지 않은 방법은,
과학자가 등장해서 "이 세계는 말이야" 하고
줄줄줄 설명하는 방식이다.
더 안 좋은 방법도 있겠지만, 고려하지 말기를 바란다.

는 가장 좋지 않은 방법은, 과학자가 등장해서 "이 세계는 말이야" 하고 줄줄줄 설명하는 방식이다. 더 안 좋은 방법도 있겠지만, 고려하지 말기를 바란다.

물론 과학자가 아닌 사람이 줄줄줄 설명하는 것도 좋은 방법은 아니다. 설명이 한군데에 뭉쳐 있는 것 자체가 미숙함의 증거다. 등장인물의 입을 빌리더라도 이 설명은 결국 작가의 목소리일 수밖에 없다. 자신 없는 작가라면 과학의 목소리를 그대로 옮겨오는 경우도 허다하다. SF의 설정은 잘게 나뉘어 작품 곳곳에 퍼져 있어야 한다. 등장인물이 겪는 에피소드를 통해 설명 없이 자연스럽게 드러나는 편이 가장 좋다. 말이 쉽지 절대 한 번에 되는 작업이 아니며, 여러 차례 시행착오를 거치면서 자기만의 비법을 익혀야 하는 영역이다.

SF는 과학소설이지만, 과학의 목소리를 그대로 옮겨올 필요는 없다. 과학의 무게에 짓눌려서도 안 된다. 소설 바깥, 즉 현실 세계의 과학자는 고개를 젓더라도 작품 안에 등장하는 과학자가 타당하다고 판단하기만 하면 그만이라는 말도 있다. 작가가 자기 작품 안에서 엄밀하고 논리적인 태도를 유지하는 게 중요하지, 현실 세계의 과학자에게 인정받으려고 애쓸 필요는 없다는 의미다.

조금만 생각해보면 당연한 일이다. 현대 과학에 따

르면 시간 여행은 아예 불가능하다. 과학적 고증에 충실한 작가라면 시작도 못 해보고 끝내야 하는 이야기인 셈이다. 초광속 비행도 마찬가지다. 우주 전쟁은 애초에 다 거짓말이다. 그래도 사람들은 SF가 과학적인 태도를 담고 있다고 말한다. 사이언스를 그대로 옮겨와서가 아니라 사이언스가 추구하는 무엇인가를, 막스 베버식 본질을 담아냈다고 믿기 때문이다.

공부한 것을 소설에 도입하는 방식을 구체적인 예를 통해 들여다보자. 『타워』의 에피소드인 「엘리베이터 기동연습」에는 복잡하게 얽혀 있는 엘리베이터망을 활용해 674층 건물 곳곳에 병력을 배치하는 일을 하는 인물이 나온다. 이 건물 안에서 가장 엘리트에 속하는 사람이며, 괴팍한 참모총장이 제시하는 이상한 상황에 따라 수만 명의 병력을 움직이는 계획을 짜는 것(기동연습)이 이 인물이 속한 팀의 주요 임무다.

그런데 이 직업에는 모델이 있다. 1900년 무렵의 독일군 육군참모부다(2차 세계대전 시절 독일이 아니다). 당시 유럽에는 다섯 개의 효율적인 관료 조직이 있었다고 한다. 로마 교황청, 프랑스 오페라 극단, 러시아 발레단, 영국 의회 그리고 독일군 육군참모부다(우스갯소리이니 진지한 지면에 인용하지 말자). 이 독일군 참모부 중에서도 가장 뛰어난 엘리트들이 하던 일이 바로 철도 배차다. 지금은 상상이 안 되겠지만, 철도가 시대의 변화를 이끌어 갈 최첨단 운송 수단이었던 시절의 일이다. 1870년 프로이센-프랑스 전쟁에서 프랑스군은 프로이센군에게 제대로 싸워보지도 못하고 완패하고 말았는데, 그 비결이 바로 기차다.

이게 내가 국제정치학 석사과정에서 익힌 지식이다. 그리고 나는 이 지식을 674층 건물로 옮겼다. 철도 배차를 하던 군 엘리트가 엘리베이터 배차를 하게 만든 것이다.

이 소설을 읽고 1900년 무렵 유럽의 워 게임을 떠올릴 사람은 많지 않을 것이다. 그래도 독자들은 이 단편을 통해 세상 어딘가에 실제로 존재했던 무언가를 읽어낼 수 있다. 1905년 독일 서부전선 워 게임에서도 작동했고, 674층짜리 가상 세계인 빈스토크 안에서도 똑같이 작동하는 무언가다. 카리스마나 이코노미처럼 한마디로 정의하기는 어렵지만, 이것은 사람들이 살아가는 방식과 밀접한 관련이 있다. 우리는 1900년 유럽에서 산 적도 없고 674층짜리 건물의 주민이 되어본 적도 없지만, 소설에 등장하는 인간들의 삶을 통해 그 두 세계의 삶에 동시에 공감할 수 있다.

문단의 비평가들이 가끔 "복잡한 군사학적 지식"

이라고 표현하는 내 소설의 군사학적 측면은 자세히 풀어 쓰면 이런 내용이다. 그 외에도 사회학이나 정치학 등이 "복잡한 ○○학적 지식"이라는 이름의 박스에 포장된다. 아쉽게도 이 박스들은 끝내 개봉되지 않는다. "복잡한 ○○학적 지식"이라는 박스는 이해할 수 없는 지식을 한데 모아 봉인하기 위한 박스지, 언젠가 개봉해서 펼쳐 보이기 위한 지적 도구는 아니다. 저자로서 나는 그렇게 느끼는 경우가 많다. 내 주관적인 감상이기를 바라지만, 문학비평이 개봉하는 지식의 상자는 프랑스 철학이나 인문학, 건축학 같은 것들이다.

물론 SF 영역에도 편향이 있기는 마찬가지다. 앞서 말했듯 SF의 장場에는 천문학과 물리학을 맨 위에 두는 특유의 위계질서가 있다. 중세의 신학만큼 절대적인 지위는 아니라 해도 사회과학적 추론이 맨 먼저 관심을 받을 여건은 아니다. 그러니 내가 가져다 쓴 모든 지식이 제대로 이해받기를 바랄 수는 없다.

그래도 나는 내 일을 계속한다. 교과서에서 배운 지식을 교과서 안에 박제해두지 않고, 본질이라 여겨지는 부분을 잡아채서 내가 창조한 세계에 놓여 있는 재료로 다시 조립하는 일을. 그것이 내가 하는 SF다.

왜 그런지는 모르겠지만 나는 학문을 하는 데 필요

한 다른 많은 자질에 비해, 배운 것을 실생활에 적용하는 일에 조금 더 익숙한 편이다. 싫어하는 표현이지만, 남들이 "소설을 써라 소설을" 하고 말할 상황에서 실제로 그렇게 해버리는 스타일이라는 뜻이다.

나는 티켓팅을 꽤 잘한다. 비유가 아니고, 아이돌 콘서트 티켓팅에 관한 이야기다. 소설집『예술과 중력가속도』에는 내가 좋아하는 단편들이 잔뜩 실려 있는데「티켓팅&타겟팅」도 그중 하나다('티케팅'이라고 써야 하지만 사람들이 보통 '티켓팅'이라고 쓴다. '타겟팅'은 글자 모양을 맞추기 위해 이렇게 표기했다). 이 소설은 유럽의 어느 핵잠수함에서 일하는 세 명의 여자가 아이돌 콘서트 티켓팅에 도전하는 이야기다.

자, 이 소설에는 어떤 지식이 담겨 있을까? 정답은 군사학이다. 클라우제비츠의 군사전략이 핵심인 이야기다.

말치레라고 생각하는 사람도 많지만, 군대의 핵심은 정말로 사기士氣, morale다. 어떤 방식으로 기동해야 전투에서 승리할 수 있는지를 다루는 프랑스식 합리주의 전략 이론과 달리, 클라우제비츠는 싸움의 결말은 결국 전장에서 정해진다는 다소 고리타분해 보이는 입장을 고수한다. 결국에는 끝까지 사기를 유지하는 쪽이 승리를 거둔다는 이론이다. 그런데 콘서트 티켓팅 상황에서는 클라우제비츠의 주장이 거의 항상 옳다. 늘 티켓팅에 실패한다는 사람들의 후기를 들여다보면 공통적인 행동 양식 하나를 발견할 수 있는데, 바로 너무 일찍 사기가 꺾인다는 점이다. "이미 다른 고객이 선택한 좌석입니다." 몇 번 당했다고 '역시 나는 안 되나 봐' 하는 생각이 떠오르는 사람은 이 치열한 전장에서 살아남기 어렵다. 포기했다는 이야기를 인터넷에 쓸 시간에 한 번이라도 더 클릭해서 취소 표 리바운드라도 노려야 하는 것이다.

마치 SF를 쓰려면 막스 베버를 읽어야 하고 티켓팅을 잘하려면 클라우제비츠를 공부해야 한다는 말처럼 보이지만, 이 글의 요지는 그런 것이 아니다. 다만, 난데없이 맞이한 티켓팅 전장의 치열한 승부가 궁금한 사람은 「티켓팅&타겟팅」을 읽어보기 바란다.

본론으로 돌아가서, 나는 이 소설이 "복잡한 군사학적 지식"에 관한 이야기라고 생각하지 않는다. 읽어본 사람이라면 누구라도 나와 비슷한 의견일 것이다. 이 소설은 어디까지나 티켓팅에 관한 이야기다. 그것도 순전히 내 경험에서 비롯된 이야기다. 군사학과 티켓팅처럼 서로 연결되기 어려워 보이는 소재가 난데없이 연결되어 있어서 더 좋아하는 소설이기도 하다. 군사학이라는 학문을 책 밖으로 끌어내 우리 일상과 연결시킬 수 있었기에 가능한 결합이다.

학문하는 태도는 SF의 오랜 친구이자 유용한 도구다. 가끔은 그렇게 활용하는 사람도 있지만, SF는 지식을 견주거나 팬덤에 새로 진입한 사람을 찍어 누르기 위해 쓰는 소설이 아니다. 일상과 직관을 넘어서는 지적 도구와 그로 인해 펼쳐진 세계의 또 다른 면모에 매료된 사람들이, 그 놀라운 감상을 다른 사람들에게 전하기 위해 어렵사리 꺼내든 도구. 그것이 바로 내가 아는 SF다.

그래서 SF는 실사구시의 문학이다. 인간의 감각을 확장하고, 이례적인 앵글로 세상과 문명 세계를 비추기도 하는 지적 장치다. 모든 SF가 그래야 하는 것은 아니지만, 대체로 SF 작가들은 이 장치를 통해 조망한 세계가 경이롭다고 말한다. 나 또한 그중 한 사람이다.

SF의 예언적 상상력

SF는 상상하는 문학이다. 이런 인식 자체는 아무튼 좋은 것임이 틀림없다. 그렇다면 난감한 부분은 어떤 대목일까? SF 작가를 불러다 놓고 "상상 한번 해보세요" 하고 요청하는 일이다. 물론 저 표현 그대로 말하는 사람은 없지만, 번역하면 같은 말이 되는 요청을 받는 경우는 종종 있다. 혹시 모르는 사람이 있을까 봐 하는 말인데, 가수에게 "노래 한번 해보세요"라고 하거나 화가에게 "그림 한번 그려보세요" 하는 것도 예의에 어긋나는 일일 수 있다. 편집자에게 "편집 한번 해보세요" 하고 부탁한다면 어떻게 될까? 직업에 따라 다르겠지만, 직업이 그러하니 그 일을 하는 것을 보여달라고 가볍게 부탁하는 것은 기본적으로 좀 이상한 일이다. 의사에게 "치료 한번 해보세요"라고 하거나 과학자에게 "과학 한번 해보세요" 하고 재미 삼아 부탁하는 상황을 떠올려보자.

누군가가 비싼 값에 사 가기만 한다면, 전문적으로 상상을 해보는 것도 나쁘지 않을 것이다. 그러나 상상의 외수화는 남의 상상을 제값에 사들이기 위해 하는 경영 판단은 아니다. 오히려 상상하는 사람을 따로 정해놓고, 나머지 사람들은 원래 하던 일을 계속하기 위해 하는 조치일지도 모른다. 늘 그런 의심을 하게 된다. 원래 남의 상상은 내 마음에 들지 않는 법이다. 조직 안에서 마음껏 자기 상상을 펼치는 것은 권력자에게 주어진 특권이기도 하다. 그 좋은 상상을 남에게 맡길 리가 없다.

이 모든 것은 'SF적 상상력'에 대한 오해에서 비롯된다. SF적 상상력이라니, 정말 하나도 의미 없을 것 같은 상투적 표현 아닌가. 데뷔 후 줄곧 나를 따라다녔던 수식어는 "통통 튀는 상상력" "재기 발랄한 상상력" 혹은 "발칙한 상상력" 같은 것들이었다. 나를 비롯해 그 이전에도 SF 작가들에게 붙는 수식어는 다 그랬다. 실제로 써낸 글은 어둡기 그지없는데도 내용과 관계없이 일단은 통통 튀는 작가로 포장되던 시절이었다. 그게 어찌나 싫었던지 SF 작가들끼리 만나는 자리에 가면 실제로 통통 튀는 시능을 하며 인사를 나누기도 했다. "안녕하세요, 통통 튀는 배명훈입니다."

　절친한 동료가 얼마 전에 해준 말인데, 통통 튀는 상상력까지는 그렇다 쳐도 "발칙한 상상력"과 나는 정말로 매치가 안 됐다고 한다. 그 말을 듣고 나니 새삼 괴상하다는 생각이 들었다. 발칙하다니, 세상에! "하는 짓이나 말이 매우 버릇없고 막되어 괘씸하다"(『표준국어대사전』)니! 나라가 권위주의로 막 회귀하던 시절에 『타워』를 내면서 출판계에 알려지기는 했지만, 그 소설은 그래도 꽤 점잖지 않았던가.

　다행히 요즘 데뷔한 SF 작가에게는 그런 말이 붙지 않는다고 한다. 근거 없고 일방적인 선입견에서 벗어나 작품 자체를 들여다보게 되었다는 증거일 것이다. 상상하는 문학을 한다고 해서 모든 SF가 다른 문학을 발칵 뒤집어엎으려고 시도하는 것은 아니다. 사실 SF 작가는 문단 문학을 염두에 두고 글을 쓰지는 않는다. 한국문학의 대안이 되려고 SF를 시도하는 것도 아니고, 언젠가 "SF를 넘어 문학의 반열에 오르는" 꿈을 꾸는 것도 아니다. 뭐하러 굳이 그런 생각을 하겠는가.

　그렇다면 SF는 어떤 종류의 상상을 할까? 사실 나도 다른 작가들이 어떤 상상을 하는지를 마음대로 말해버릴 입장은 아니다. 한국 SF는 비평이 전혀 작동하고 있지 않아서 일반화된 통념을 소개하기도 어렵다. 그래서 내 이야기밖에 할 수 없지만, 그래도 듣다 보면 힌트는 얻을 수 있지 않을까.

니는 가끔 예언을 한다. 종종 언급되는 예언은 『타워』에 실린 「타클라마칸 배달 사고」라는 단편소설의 내용이다. 사막에 추락한 조종사를 찾기 위해 그 일과 아무 관련도 없는 수많은 사람이 인터넷을 통해 협력하는 장면인데, 비슷한 이야기가 현실 세계의 뉴스로 보도될 때마다 독자들 중 누군가가 이 소설을 떠올리고는 나에게 그 뉴스를 전하곤 한다.

더 인상적인 일화들은 이런 공적인 경험이 아니라 좀더 사적인 경험과 관련된 것들이다. 최근에 겪은 일은 2018년에 발표한 「접히는 신들」이라는 단편소설에 관한 것이다. 이 글은 종이접기 전문가 김은경이 그 기술을 바탕으로 우주의 비밀을 파헤쳐가는 이야기를 담은 SF 소설이다. 일부러 이상하게 요약했으니 기회가 되면 찾아서 읽어보기를 바란다. 그런데 문학잡지에 발표했을 뿐 소설집으로 묶어 내지도 않은 이 소설이 어째서인지 어느 고등학교의 커리큘럼이 되어 있는 게 아닌가. 이유를 알게 된 것은 이듬해였다. 그 학교에는 선생님들이 자발적으로 참여하는 특별한 연구 모임이 있다. 수학과 과학, 문학과 예술을 아우르는 다양한 과목의 선생님들이 첨단에 해당하는 주제를 발굴해 미래를 살아갈 학생들에게 실질적으로 도움이 되는 교육을 하려는 취지로 만들어졌다.

그중 한 선생님이 어느 날 다음 과제로 종이접기를 제안했다. 다들 그 제안의 취지가 무엇인지 영문을 모르던 차에, 한 국어 선생님이 문학잡지에서 「접히는 신들」을 발견하고는 '종이접기의 과학이라는 게 이런 의미였구나!' 하고 영감을 얻었다고 한다. 그 일을 계기로 프로젝트가 일사천리로 진행되어, 내가 이 모임에 초대되었을 때는 이미 과목별로 한 학기 수업이 진행된 뒤였다. 선생님들에게나 나에게나 이 일은 놀라운 경험이었다. 서로의 존재조차 알지 못했지만, 우리는 오로지 상상력을 통해 질문과 답을 주고받고 있었던 것이다.

이런 예들은 꽤 많다. 정말로 충격적이었던 사례 하나는 그 후로도 내내 기억에 남아서, 소설을 쓴다는 것이 어떤 의미인지 무거운 마음으로 돌아보게 한다. 몇 번이나 썼다가 고쳐도 봤지만, 결국 이 글에는 소개하지 않기로 결론 내렸다. 아무튼 상상의 힘은 생각보다 놀라워서 가끔은 예언으로 이어지기도 한다.

이것이 가능한 첫번째 비결은, 이것저것 많이 던져 놓는 것이다. 100개쯤 던져서 한 개 맞히기. 틀린 경우는 따로 언급되지 않는다. 그냥 소설이기 때문이다. 이 글에서 주로 이야기하려는 것은 두번째 비결이다. 요약하면 실제 세계의 누군가가 현실의 이런저런 요소들을 조합해서 만들어낼 무언가를, 작가가 미리 머릿속으로 조합해보는 과정이다.

세상을 떠도는 정보나 이미지 중에는 아직 조합되지 않은 미래의 퍼즐 조각들이 널려 있다. 때가 무르익으면, 각각의 조각에 다른 조각과 이어질 수 있는 연결 고리들이 자라난다. 그 상태로 시간이 흐르면, 이 연결 고리들이 상호작용을 일으켜 작은 조각들이 서로 이어지기 시작한다. 이런 식으로 충분히 많은 조각이 뭉쳐서, 비로소 사건이 발생하는 것이다.

작가는 이 일을 머릿속으로 진행한다. 재미있는 소재를 발견했을 때, 나는 소재 자체를 메모하기보다 앞뒤에 짤막한 이야기를 덧붙여 무의식 속에 집어넣는다. 까먹는다는 뜻이다. 내 나름대로는 소재를 다듬는 과정인데, 이렇게 처박아놓은 소재들이 머릿속 어딘가에 잔뜩 모여 있다가 각각의 소재에 붙여놓은 작은 이야기들이 서로 연결 고리 역할을 해서, 어느 날 문득 들여다보면 꽤 큰 덩어리로 자라 있곤 하는 것이다(『타워』에 수록된 「자연 예찬」이라는 단편소설에 나오는 소설가 K의 발상법이다).

아마도 인간의 꿈이 다 이 모양이 아닐까 싶은데, SF 작가로 살다 보면 지난밤에 자기가 정말로 굉장한 꿈을 꿨다며 그 꿈을 소설로 바꿔달라는 지인이 나타나기도 한다. 미안한 말이지만 그런 꿈은 대체로 쓸모가 없다. 작가가 자기 관점을 넣어서 의식적으로 다듬지 않으면, 자연 발생적으로 만들어진 엉망진창 덩어리는 거대한 기억의 폐기물에 불과하다.

관건은, 반쯤 다듬으면 좋은 이야기가 될 수 있는 50~60퍼센트짜리 덩어리를 찾아내는 일이다. 경험과 기술이 축적된 작가일수록 더 많은 덩어리를 살려낼 수 있는 것은 당연하다. 하지만 도대체 어떻게 하는 걸까? 이 과정을 상세하게 설명할 수 있다면, 나는 아마 큰돈을 벌고 있을지도 모른다. 덩어리는 구체적으로 어떻게 만들어지고, 꽤 커진 덩어리는 어떻게 다듬어지는가? 사람들이 궁금해하는 것은 결국 이런 것들이지만, 나도 아직 거기까지는 알 방법이 없다.

아무튼 소설가는 현실 세계가 실제 사물과 아이디어를 조합해 빚어낼 사건을 머릿속에서 말로 조합해낼 수 있다. 그래서 같은 단서들을 접하더라도 현실보다 훨씬 빨리 구체화된 형태로 완성해내기 마련이다. 어느 학교 선생님들이 종이접기라는 소재를 어떻게 수업으로 풀어내야 할지 망설이는 동안, 내가 먼저 글을 써낸 것과 마찬가지다. 시대가 변할 때 예술이 맨 먼저 그 변화를 포착해내는 것은 창작 활동의 이런 특성과도 깊은 관련이 있다. 창작자들은 아직 아무도 언어로 포착해내지 못한 변화의 실마리에 이름을 부여하고 가중치를 주어 돋보이게 한 다음, 자기 창작물과 동시대 사회에 대입해보곤 한다. 예술적 상상력이 발휘되는 순간이다.

또한 독자들이 내가 앞에서 소개한 일화들을 예언으로 기억하는 것은, 그만큼 그 간접경험이 인상적이었기 때문이기도 하다. 작품에 대한 평가가 아니라 독서 경험이 남긴 인상의 측면에서 그렇다는 말이다. 현실에서는 처음 겪는 경험인데 어딘가에서 이미 겪은 것 같다는 생각, 그런 기시감에 관한 이야기다.

현실이 생생한 것은 당연하다. 그런데 소설이 생생하다는 것은 어떤 느낌일까? 소설가로서 내가 할 수 있는 답은, 그것 또한 자연스러운 일이라는 것이다. 소설가는 현실을 작품 속에 재구성해낸다. 디지털도 아니고 삼차원도 아니고 단지 문자로 된 예술일 뿐이지만, 독자가 책 속에 빠져들어 소설의 리듬에 완전히 익숙해지는 순간,

소설의 텍스트는 독자의 감각과 기억을 매개로 꽤 생생한 현실감각을 재구성해낼 수 있다. 좋은 소설은 재미있는 스토리를 글자로 담아내는 데서 멈추는 것이 아니라, 이런 생생한 몰입감에 도달하는 것을 목표로 한다.

나는 이런 소설을 "좋은 공기가 담겨 있는 소설"이라고 표현한다. 나만 쓰는 비유여서 처음 듣는 사람들은 무슨 말인지 이해하지 못하는 경우가 많지만, 나는 이런 공기가 담겨 있기에 때로는 소설이 실용적이기까지 하다고 믿는다.

그중 SF의 공기는, 후덥지근한 여름날 냉방이 잘되는 사무실에 한 걸음 들어섰을 때의 느낌과 비슷하다(내 주관적인 의견이다). 과학과 추리는 수수께끼로 가득한 현상을 설명하는 데서 오는 쾌감을 담고 있는데, 독자로서 내 감각은 이런 쾌감을 냉방 잘된 사무실의 현장감으로 느낀다. 물론 다른 작가나 독자는 SF를 미세 먼지 가득한 현대 한국의 대기로 느낄지도 모른다.

기억해야 할 것은, 아이디어의 기계적 유사성만큼이나 작품이 추구하는 간접경험의 밀도도 중요하다는 사실이다. 현실에서 어떤 일을 겪은 독자가 예전에 책으로 간접 경험한 것을 예언으로 떠올리려면, 단순히 아이디어가 유사하다는 식의 발견으론 충분하지 않다. 그 아이디어를 둘러싸고 일어난 사건의 전체 상이 실제 경험처럼 생동감이 있으면서 동시에 실제로 일어난 사건과 상당 부분 연관성이 있을 때에야 독자들은 비로소 기시감을 느낄 것이다. SF의 상상은 그런 것이다.

이런 이유에서 SF는 문학이 틀림없다. SF니까 문학적 형상화는 크게 신경 쓰지 않아도 상관없을 거라고 믿는 사람도 적지 않은데, 이 믿음은 사실이 아니다. SF에서도 문학성이 중요하다는 생각은, 굳이 소리 높여 말하는 사람은 없지만, 한국 SF 창작자들 사이에서는 꽤나 광범위하게 퍼져 있는 인식이다. SF니까 과학이 제일 중요하다는 주장만큼 자주 들리지는 않지만, 그보다 폭넓은 동의를 받고 있는 명제라는 뜻이다.

SF는 문학인가? 그렇다. SF는 과학인가? 적어도 나는 확답을 못 하겠다.

SF는 상상하는 문학이다. 하지만 더는 신기한 아이디어로만 승부를 거는 문학은 아니다. SF에서 가치 있는 상상이란 다른 것과 동떨어진 재미있는 발상이 아니라, 삶과 세상을 다시 돌아보게 만드는 통합적 상상을 말한다. 그렇게 진화해왔다고 나는 믿는다. 이런 상상력을 통해 작가는 언젠가 현실이 될 세상의 단편들을 하나하나

SF에서 가치 있는 상상이란 다른 것과 동떨어진
재미있는 발상이 아니라, 삶과 세상을
다시 돌아보게 만드는 통합적 상상을 말한다.

퍼즐처럼 이어 붙일 수 있는데, 사람들은 이 설계도를 '세계관'이라고 부른다. 소설에서 '세계'란 작가가 묘사한 객관적 사물의 총합이라기보다는, 그 세계에 대한 작가 고유의 해석에 가깝다.

이 과정이 충분히 진행되어 작품 속 세상이 스스로 작동하기 시작할 때, 소설은 비로소 특유의 공기를 뿜어낸다. 내릴 정거장을 놓치게 만드는 마법 같은 바람은 이런 과정을 거쳐 만들어진다.

이 바람을 뭐라고 부르면 좋을까? 적지 않은 사람들이 짧지 않은 기간 동안 "통통 튀는 상상력" "재기 발랄한 상상력" 혹은 "발칙한 상상력" 같은 표현을 썼다는 사실을 떠올려본다. 이것은 적절한 평가가 아니었고, 의도와 달리 작가를 환영하는 수식어도 되지 못했다. '경이감 sense of wonder'이라는 키워드가 잘 알려지지 않은 탓이었겠지만, 그래도 저런 말들이 전부인 시대를 살아가는 것은 온종일 앞뒤가 바뀐 티셔츠를 입고 다니는 것처럼 어색하고 불편한 일이었다.

그놈의 "공상과학"

SF 작가가 인터뷰를 하거나 방송에 출연할 때 늘 신경 써야 하는 일이 있다. "공상과학"이라는 표현이 나가지 않게 하는 것이다. 언제부터 시작한 운동인지는 모르겠지만, 내가 SF 작가가 된 것보다 오래되었음은 분명하다. 나는 원래부터 SF 팬으로 활동하던 사람이 아니어서 이 운동의 창시자가 누구인지까지는 알 수 없다.

그만큼 오래된 운동이지만 방심은 금물이다. 190번쯤 이야기했으니 '이제는 용어가 좀 정리됐겠지' 하고 방심하는 순간, 내 사진 아래에 "공상과학(SF) 소설가"라는 말이 떡하니 박히곤 한다. "공상과학"이 맞는 표현이고 일부는 "SF"라고 부르기도 한다는 뜻인데, 나를 포함

한 다른 SF 작가들이 지향하는 것과는 정반대의 의도를
담은 표현이다.

"공상과학"이라는 말은 왜 안 되는 걸까? 일단은 틀
린 번역이다. 이 한마디로 설득이 끝난다면 좋겠지만 현
실은 다르다. 풀이하자면, SF는 'Science Fiction'(과학소
설) 혹은 'Speculative Fiction'(사변소설)을 줄인 말이라
고 한다. SF계 종사자들이 사용하는 번역어는 과학소설
이고, 사변소설은 SF가 반드시 과학에만 얽매이는 문학
이 아니라는 것을 나타내기 위한 말인데 이 또한 널리 받
아들여지는 표현이다. 아무튼 "공상"이라는 말은 들어간
적이 없다.

"공상"은 어디에서 튀어나왔을까? 용의자는 이미
잘 알려져 있다. 옛날 일본 사람들이 판타지와 SF를 모
두 다루는 『판타지 앤드 사이언스 픽션*Fantasy & Science
Fiction*』이라는 미국 잡지를 번역하면서 "공상과학소설
지"라는 한자로 된 부제를 달았는데, 이것이 한국으로 전
해져 공상과학이라는 표현의 기원이 되었다는 설이다.
즉, "판타지"가 "공상"으로 번역된 다음 "과학소설"이라
는 말 앞에 붙어버린 것이다. 정설이지만 모든 단계가 엄
밀하게 규명된 가설은 아니다. 아무튼 "공상과학"이라는

표현이 애초에 상표명인 데다 일본에서 만들어진 조어라는 점이 부각되기 때문에 굳이 SF를 "공상과학"으로 교정해주는 분들께는 충분한 설명이 되었으리라 믿는다.

그리고 세상에는 출판 관계자가 아니면서도 "공상과학"이라는 말을 고집하는 사람들이 많이 있다. 기성세대에 속한 독자들 중에는 어렸을 때 "공상과학"으로 소개된 SF를 읽고 자라서, 지금도 "공상과학"이라는 이름을 놓을 수가 없다는 사람들도 있다. 문제는 그때 소개된 SF와 지금 한국 창작자들이 쓰고 있는 SF는 경향이 다르고, 심지어 그때 번역된 SF와 지금 번역되는 SF도 달라서 장르 전체의 이름을 추억의 "공상과학"으로 삼기에는 간극이 너무 크다는 것이다.

이런 맥락에서 막무가내로 "나는 공상과학이 정감 있고 더 좋은데" 하는 사람들에게는 "그럼 당신 직업이나 단체 이름 앞에 공상을 붙여보시라"라고 답하고 싶은데, 물론 아직 실제로 해본 적은 없다. 공상서점, 공상출판사, 공상편집자, 공상신문사, 공상평론가, 공상기획팀, 공상국어사전, 공상김은경. 이 얼마나 정감 있는 표현인가!

붙여보면 알겠지만, 공상은 그다지 중립적인 말이 아니다. '상상'이나 '환상'에 비해서도 부정적인 표현이고, 작가와 작품을 순식간에 B급으로 떨어뜨리는 용어다.

B급 예술로서 SF를 추구하는 창작자나 소비자도 있겠지만, 그 7080 기획의 결과물이 현대 한국 SF보다 나은지는 잘 모르겠다. 이 문장을 쓰는 순간 고개가 저절로 좌우로 움직이는 것을 보면, 기억에 남는 결과물은 별로 없었던 것 같다.

이렇게 열심히 설명을 하다 보니, 가끔은 SF 작가들이 "공상과학"이라는 표현만 보면 부들부들한다는 사람들이 있는데, 적어도 내 경우엔 표현 자체가 징그러워 보인다거나 하는 정도는 아니다. 아마 많은 SF 종사자들이 그러리라고 믿는다. 다만 수십 년에 걸쳐 어떤 표현을 다른 표현으로 바꾸려고 노력해온 사람들의 입장에서 생각해보면 이해가 빠를 것이다. 평소에 백번쯤 정정하고 다녔는데, 어느 날 내 사진이 실린 인터뷰 기사에 고치려고 했던 바로 그 표현이 떡하니 나와 있는 모습을 상상해보자. 어떤 기분이 들까.

문제는 선의로 이 말을 쓰는 사람들이다. 사람들은 친절하게도 SF라는 표현을 보면 정정을 하곤 한다. 일단 영어이기 때문이다. 가장 최근에 나온 내 장편소설 제목은 『고고심령학자』인데, 종종 "고고심리학자"라고 소개된 경우를 볼 때가 있다. 둘 다 이상한 말이지만, 고고심령학자보다는 고고심리학자가 그나마 말이 된다고 생각한 사람들이 어딘가에 존재하고 있었던 것이다. SF도 마찬가지다. 별다른 의도 없이 "공상과학"이라는 말을 쓰는 사람들에게 이 표현은 일종의 순화純化다. '포클레인'을 '굴삭기'로 순화하듯 가치판단이 개입되지 않은 기계적인 과정이다. 이들을 나무랄 수는 없고, 설명이 좀 길어지더라도 "공상과학이라는 말은 쓰지 말아주세요" 하고 부탁하는 수밖에 없다. 그러다 한 번쯤 빠뜨리기라도 하면 "공상과학(SF) 소설가"라는 타이틀이 달리고 마는 것이다.

나무라고 싶은 경우는, 본격적으로 SF를 다뤄볼 계획이라며 연락해온 이가 "공상과학"이라는 표현을 쓸 때처럼 특수한 경우뿐이다. 이런 제의는 거절할 가능성이 높은데, 이것은 그가 실례를 범해서가 아니라 설명과 달리 SF에 대해 거의 아무런 공부가 안 되어 있는 것으로 판단되기 때문이다. "공상과학"이라는 표현에 대한 SF계 종사자의 의견을 한 번도 들은 적이 없다는 이야기고, "공상과학이라고 하지 마세요" 하고 앵무새처럼 읊어대는 SF 작가들을 만나본 적이 없다는 말이므로, 나로서는 상대가 정말로 SF를 본격적으로 다룰 생각인지 의심하는 것이 자연스럽다.

여기까지가 "공상과학"에 대해 내가 할 수 있는 일반적인 이야기다. 한 10년쯤 반복했던 설명이고, 앞으로도 계속해야 할 말이다. 그러면 지금부터는 "공상과학"을 용인할 수밖에 없는 정말로 특별한 경우를 만나보자.

2019년 6월에 나는 한국문학번역원의 지원으로 모스크바 고등경제대학교 한국학과에 특강을 하러 간 적이 있다. 현지 대학생들이 한 학기 동안 한국 작가의 단편소설을 번역하고, 학기가 끝날 때쯤 작품을 쓴 작가가 직접 현지 대학을 방문하여 번역 중인 작품에 대해 질문을 주고받거나 자세한 이야기를 나누는 워크숍이었다. 학기가 시작되기 전, 같은 해 봄에 번역원 담당자로부터 워크숍에 관해 짤막한 설명을 전달받았는데 여기에서 또 그놈의 "공상과학"과 조우하게 되었다.

늘 해오던 절차에 따라 나는 "공상과학"이라는 표현이 왜 적절하지 않은지를 설명하는 메일을 보냈다. 되도록 짤막하게, 일본 잡지 이름에서 파생된 말이라는 설명 정도를 덧붙였다. 그런데 예상치 못한 답이 돌아왔다. "공상과학"은 번역원에서 넣은 말이 아니라, 러시아 현지 한국학과에서 지은 행사명에 들어 있는 표현이라는 것이었다.

이쯤에서 또 느닷없이 세계로 떠나보자. 러시아에서 SF는 'научная фантастика,' 즉 과학 판타지다. 2019년까지 내가 부대표를 맡았던 한국과학소설작가연대에는 러시아 문학을 전공한 정보라 작가가 속해 있는데, 나는 그를 통해 동유럽과 러시아의 SF가 판타지와 명확히 구분되지 않은 상태라는 말을 들은 적이 있다. 또한 러시아로 떠나기 전에 이 내용을 다시 확인받기도 했다. 2018년에는 중국의 SF계 종사자들과 만난 자리에서 중국어로는 SF가 '科幻'으로 번역된다는 사실을 알게 되었다. 풀어서 쓰면 '과학환상'이 되는 약어다. 냉전 시대의 기억이 희미한 분들에게는 감이 멀지도 모르겠지만, 우리가 알던 세계의 저 건너편, 알아서는 안 되었던 지구의 저편에서 자라난 SF는 '사이언스 픽션'이 아니라 정말로 '사이언스 판타지'였던 것이다. 따로 연구를 해보지는 않았지만, 명칭만 다른 것이 아니라 개념에 담긴 미학적인 차이도 있으리라고 짐작해본다. 과학과 판타지 사이의 균형, 현실과 비현실을 배합하는 방법의 차이 등등.

그러니 대를 이어 SF 팬인 한국학과 교수가 SF를 한국어로 옮기면, 공상과학이라는 표현이 나오는 것도 이상하지 않다. 러시아에서라면 그렇다. 나는 이 글의 앞부분에 나오는 모든 "공상과학"에 따옴표를 씌워 이 표현의 독성을 중화하고 있지만, 한국어를 하는 러시아인들이 쓴 공상과학이라는 말만큼은 따옴표 밖에 나와 있어도 유해해 보이지 않는다.

워크숍 다음 날에는, 러시아 국립도서관 혹은 러시아 중앙도서관에서 일반인을 대상으로 강연을 했다. 옛 이름인 레닌 도서관으로 더 유명한 곳이다. SF 팬인 한국학과 교수님이 통역을 하셨는데, 러시아어라고는 인사말과 숫자 정도밖에 모르는 내 귀에도 쏙쏙 들어오는 한마디가 있었다. 판타스티카! 'научная фантастика'의 뒤쪽에 있는 단어다. 듣고 있으면 왠지 환상적인 기분이 드는 말이기도 했다. 같은 뜻이라도 "공상"처럼 부정적인 어감이 아니어서 그럴지도 모른다.

모스크바에서의 모든 일정이 끝나자, 나를 그곳으로 초청한 선생님이 기념품을 주셨다. 번역 수업을 들은 학생들과 나눠 입은 티셔츠였다. 거기에는 옛 소련 스타일로 된 우주 비행사 그림이 프린트되어 있고, 그림 바로 아래에는 "2019 한국 공상과학의 부흥"이라는 문구가 찍혀 있었다. 선생님들도, 학생들도 거의 여성인 수업이라 나에게는 맞지 않는 티셔츠였다. 한국으로 돌아온 뒤, 당시 한국과학소설작가연대 대표였던 정소연 작가와 정보라 작가에게 한 벌씩을 선물했다. 글귀만 놓고 보면 내키지 않아 할 선물이었지만, 내력을 듣고 나면 덜 해로워 보이는 옷이었다.

물론 워크숍을 함께한 러시아 분들은 내 설명을 듣

고 난 뒤 공상과학이라는 표현을 '과학소설'로 바꾸었을 것으로 짐작된다. 한국인들이 웬만해서는 겪을 일이 없는, 원어민 사용자의 권위 같은 게 발휘되지 않았을까 생각해본다.

　　이제 다시 "공상과학"이라는 용어로 돌아와보자. 이 글의 전반부만 읽었을 때와 어딘지 조금 다르게 느껴진다면, 이 글을 쓰는 목적은 어느 정도 달성된 것이다. 요약하면 이런 내용이다. 현대 한국 SF는 미국 진영의 영향 아래에서 자라났다. 근대 한국의 많은 것들이 그렇듯 일본을 거쳐 온 흔적이 남아 있으며, 여력이 생기자 외국의 '선진 문물'을 기계적으로 받아들이는 과정에서 얻은 엉뚱한 관성을 거부하는 기간을 거쳤고, 자기 정체성을 고민하다가 스스로 과학소설이라는 이름을 택했다. 하지만 이야기는 여기에서 끝나지 않는다. 과학이라는 말의 무게가 너무 무거웠던 탓이다.

　　이왕 세계 여행을 다녀온 김에 교훈 하나를 덧붙여보자. 똑같은 이야기도 세계 혹은 세상이라는 맥락 속에 놓고 생각해보면 의미가 달라질 수 있다. 느닷없이 세계 여행을 다녀온 "공상과학"은 상황에 따라 따옴표를 떼도 좋을 만큼 안전한 물건이 될 수 있다. 그런데 이것은 과학소설과 "공상과학"이라는 이름에만 국한된 명제가 아니다. '나의 이야기'로 끝나도 좋을 소설의 서사를 굳이 세상이라는 공간 위에 다시 펼쳐놓는 이유이기도 하다.

의미는 내면의 성찰을 통해서만 획득할 수 있는 것이 아니다. 세계도 마찬가지로 존재와 삶의 의미에 도달하기 위한 수단이 될 수 있다. 나에게 SF란 그 세계의 크기를 우주 규모까지 확대할 수 있는 마법 같은 도구다.

SF를 쓰려면 역시 국제정치학을 배우는 게 유리하지 않을까.

SF 읽는 법

SF를 잘 읽는 비결은 무엇일까? 있는 그대로 읽어내는 것이다. 세상에서 제일 간단한 방법이지만, 말처럼 간단한 독서법은 아니다.

책은 대신 읽어주는 장치가 없다. 물론 전자책이나 오디오북의 존재를 부정하는 것은 아니다. 다만 한국에서 오디오북은 아직 성공적으로 뿌리내린 매체가 아니고 (많은 시도 중이라고 한다), 전자책의 경우 텍스트를 구매하고 불러내는 장치 역할은 할 수 있지만 '플레이' 자체를 대신하는 것은 아니다. 독자가 적극적으로 읽어내지 않으면 조금도 진도가 나가지 않는다. 그러므로 작가는 독자라는 기기에 의존하지 않을 수 없다. 이 글은 바로 그런 매체 환경에 관한 이야기다. 즉 독자라는 디바이스의 '읽기 설정'을 SF에 적합하게 조정하는 방법이다.

어느 장르, 어느 글이든 마찬가지지만 책 읽기의 기본은 있는 그대로를 읽어내는 것이다. 그런데 독자의 머릿속은 이미 특정 문학을 읽어내기 위해 미세 조정이 되어 있는 경우가 있다. 예를 들어 '순문학'이라고 불리는 작품군을 독해하는 데 적합한 '읽기 설정'처럼. 이것은 딱히 잘못된 일이 아니다. 주로 읽게 될 작품을 효율적으로 감상하는 방법을 고안해내는 것은 누구에게나 당연한 일이다.

한 권의 소설에는 어마어마하게 많은 정보가 담겨 있다. 단편소설도 마찬가지다. 그중 어느 부분을 기억하고 어느 부분을 흘려보낼지를 선별하지 않은 채, 인공지능처럼 소설의 모든 부분을 기억하는 것은 그다지 좋은 독서법이 아니고 가능한 방법도 아니다. 문제는 특정 문학장에서 발생한 독법을 모든 종류의 문학에 적용하는 순간 발생한다. 작가가 되고 얼마 되지 않았을 무렵, 내 주변에는 대중의 눈을 갖고 있다고 주장하는 사람이 다섯 명 정도 있었다. 자기한테만 맞추면 대중도 재미있어한다는 것이다. 그런데 이 다섯 명은 서로 다른 눈을 지니고 있었다. 나는 이들의 주장이 모순이라고 생각하지 않는다. 다만 '대중'이라는 것이 단일하지 않을 뿐이다.

그런데도 사람은 착각에 빠지기 마련이다. 지구가 둥글다는 사실은 다들 알고 있지만, 일상 공간에서 사람들은 대부분 땅이 평평하다고 착각하고 살아간다. 마치 내가 서 있는 곳이 유일한 지평이고 이 평면이 세상 끝까지 이어져 있는 것처럼. 문학도 마찬가지다. 내가 서 있는 지평이 가장 보편적이라고 생각하는 경향은, 사실 모든 종류의 문학장에서 발견되는 착각이다. 그 안에 있는 내가 평범하기에 자신이 속한 무리가 치우쳐 있다는 자각을 하지 못할 뿐이다. 그중 '순문학'의 장이 유독 문제가 되는 것은, 이 문학이 '특정한' 문학의 지위에 머무르지 않고 다른 모든 문학에 영향을 미치는, 가치와 자원의 배분에 직접 관여하기 때문이다. 그래서 나의 첫번째 조언은 순문학에 특화된 읽기 설정을 잠깐 해제해보라는 것이다.

이 단계에서 제일 중요한 것은 '인물 100퍼센트' 설정을 끄는 것이다. 이것은 사실 대단히 당황스러운 설정이다. 뭐가 됐든 어느 한 요소의 비중을 100퍼센트로 설정하는 예술이 존재한다는 것은 상상하기 어려운 일이다. 그런데 이런 일은 수없이 일어난다. 문학상 심사평에서도, 잡지에 실린 짧은 비평 글에서도, 젊은 작가 지망생에게 기성 작가가 해주는 조언에서도, 심지어 내 책에 실린 「해설」에서도, "소설은 결국 인물이 100퍼센트인데 이 작품은 그 점을 만족시키지 못했으므로 부족하다"라는 이야기는 수도 없이 목격된다. 때로는 소설 초고를 검토한 편집자의 메모에서도 비슷한 이야기가 보인다. 주인공이 갑자기 사라졌다는 것이다. 물론 주인공은 사라지지 않았다. 도시나 사회 같은, 인간이 아닌 주체로 화제가 옮겨간 것뿐이다.

『타워』의 첫 에피소드가 대표적인 경우다. 이 단편의 마지막 부분에는 세 명의 박사가 '빈스토크'라는 권력의 추적을 피해 황급히 도시를 탈출하는 장면이 나온다. 여기서 세 사람의 뒤를 쫓는 것은 특정 인물이 아니다. 인구 50만 명이 만들어낸 빈스토크라는 사회의 권력장이다. 그런데 적지 않은 수의 독자들이 이 대목을 읽고 쫓아오던 사람이 갑자기 사라졌다고 생각했다.

이 독법의 문제는 인물을 지나치게 강조한다는 점이 아니라, 작품이 지니고 있을지도 모르는 다른 많은 요소를 그다지 주목할 필요가 없는 것으로 선언해버린다는 데 있다. 소설은, 인물을 통해 형상화되지 않고 다른 방식으로 표현된 아름다움을 무가치한 것으로 여겨도 되는 예술 장르인가? 그럴 리가 없다. 그런 예술이 있다는 것은 상상하기가 어렵다. 그러니 우선 '인물 100퍼센트' 설정을 해제해보자. 인물의 비중은 30이어도 좋고 70이어도 좋다는 마음가짐이면 충분하다. 그 나머지는 새로운 미감이 채우게 될지도 모른다.

다음 비결은 '자동 비유 찾기' 기능을 해제하는 것이다. SF는 현실을 반영한다. 사람이 쓰는 것이니 그러지 않을 방법도 없다. 그렇다고 그 모든 것이 현실을 비유하기 위한 기술적인 수단은 아니다.

이 조언의 취지는 과학소설 작품 속에 구축되어 있는 세계를 있는 그대로 받아들이는 것을 일차적인 목표로 삼기 위함이다. 어느 장면이 현실의 어느 부분을 반영했는지를 찾아보는 것은 재미있는 독해 방식이다. 그런데 이런 숨은그림찾기가 일차적인 목표가 되면 놓치게 되는 것이 하나 있다. 그 퍼즐 조각들이 구성하고 있는 작품 속 세계의 전체 상이다.

『타워』에는 2009년 당시 한국 사회가 겪었던 정치적 변화를 연상시키는 장면들이 다수 들어 있지만, 작가가 가장 먼저 바라는 것은 독자가 674층짜리 건물 하나로 이루어진 도시국가의 주민이 되어 그 안에서 살아가는 감각을 직관적으로 느껴보는 일이다. 그래야 작품에 몰입할 수 있고, 텍스트로 된 주인공의 삶에 충분히 공감하며 책을 읽어갈 수 있다.

현실의 은유를 찾아내는 것은 그다음 일이다. 독자가 소설에 몰입하는 것은 최면에 걸리거나 꿈을 꾸는 것과 비슷한 정신 작용이어서, 꿈속에 놓여 있는 소품이 구체적인 현실 세계에서 왔음을 기억해내는 순간 그 꿈은 그만 자각몽이 되어버린다. 뒤쫓아 오던 귀신에게 따라 잡혀도 하나도 안 무서운 꿈이 되는 셈이다. 많은 사람들이 SF를 어떻게 해독해야 할지 몰라서 이 방식을 택하곤 하는데, 나로서는 권하고 싶지 않은 방식이다. 그러니 '자동 비유 찾기' 기능도 일단 해제하자. 스위치의 위치는 제품마다 다를 수 있으니 각자 설명서를 참고하기 바란다.

다음으로 신경 써야 할 부분은 '결말을 찾는 법'이다. 결말을 군이 찾아야 하나 싶겠지만, 놀랍게도 그렇다. 문학장이 달라지면 결말을 놓치는 경우도 생긴다.

폭발적이고 강렬한 결말을 떠올려보자. SF에서 폭발적인 결말은, '나'의 경계를 기준으로 바깥쪽을 향해 에너지를 분출하는 결말이다. 차곡차곡 쌓아 올린 갈등이 마지막에 이르러 세계의 변화를 끌어내는 방식이다. 반면 순문학에서 폭발적인 결말은, '나'의 경계를 기준으로 안쪽을 향해 에너지를 분출하는 결말이다. 인물 내면의 변화가 우선인 셈이다.

맹점은 이런 방향 차이에서 발생한다. 세계를 향해 폭발하는 이야기에 익숙한 독자는, 묘하게도 내면을 향해 폭발하는 결말을 보고 결말이 없다는 평을 남기곤 한다. 반대로 내면을 향해 폭발하는 이야기에 단련된 독자는, 세계를 변화시키는 이야기를 보고 무언가 마무리가 덜됐다고 느낀다. 서로가 서로의 결말을 찾지 못한 것이다.

SF의 결말이 내면을 향하는 경우는 없을까? 윤이형 작가의 SF 작품들이 이런 방식의 결말을 냈다고 생각한다. 그래서 SF 독자들에게 결말이 없다는 평을 듣기도 했는데, 분명 그 작품들에는 강렬한 결말이 있었다.

소위 "문단과 장르를 넘나드는" 작가로서 나도 종종 비슷한 일을 겪곤 한다. 그래서 『고고심령학자』는 결말이 셋이다. 내가 생각하는 이야기의 논리적 결말, 대중소설의 결말, 문학적인 결말이 한 권 안에서 쭉 이어지는데, 아마도 독자가 생각하기에 결말이라고 여겨지는 부분은 한 군데 아니면 두 군데일 것이다. 하지만 모든 소설이 둘 이상의 결말을 지니기를 기대하기는 어려우므로, 차라리 자신에게 익숙하지 않은 결말도 결말로 받아들일 수 있도록 마음의 준비를 하는 편이 효과적이다. 아무튼 누군가에게 좋은 평가를 받는 작품이라면 적어도 결말이 없지는 않을 터. 인내심을 가지고 잘 찾아보자.

　마지막 한 가지는 정말로 '관습적인 독법 차이'에서 비롯된 문제다. SF 작가와 독자 사이에는 암묵적으로 합의된 프로토콜 같은 것이 있다. SF 소설에는 이상한 기관 이름 같은 것들이 등장하곤 한다. 예를 들어 내 소설 『청혼』에는 '지표면연합'이니 '궤도연합사령부'니 '감찰군'이니 하는 조직이 나오는데, 이런 이름 자체가 무엇을 의미하는지는 알 필요가 없다. 다른 책에 나오는 '외계예술위원회'니 '패류해석학'이니 하는 이름도 마찬가지다. 꼭 필요한 개념이라면 작가가 작품 안에서 다시 설명을 할 것이고, 따로 설명이 없다면 굳이 의미를 이해하려고 고뇌할 필요가 없다는 뜻이다.

　이 이야기를 덧붙이는 이유는, 어느 날 같이 일하는 편집자들이 가끔 SF에 등장하는 가상 조직이나 가상의 기술 명칭의 의미를 이해하는 데 지나치게 긴 시간을 들인다는 사실을 알게 되었기 때문이다. 추측건대 작가가 원고에서 언급한 명칭에 대해 충분히 이해하고 적절한 방식으로 다루고 있는지 확인하는 역할 또한 편집자의 몫이어서 일어나는 일이겠지만, SF에서 이런 이름은 많은 경우 'A기관' 'B기술'로 처리하고 넘어가도 무방한 명칭들이다. 편집자가 아닌 일반 독자라면 더 그렇다. '작

가가 이번에는 이걸로 거짓말을 하고 있구나' 하고 지나
가면 그만인 개념들이니 너무 공들여 파고들지는 말기를
바란다. 차마 발이 떨어지지 않겠지만.

　　그 외에도 중요한 설정 방법이 몇 가지 더 있겠지만,
핵심적인 요령은 다른 작품군을 해독하느라 만들어진 습
관을 잠시 해제하는 것이니 이 점을 염두에 두고 적절히
즐기기를 바란다. SF라면 꼭 찾아봐야 할 포인트들을 따
로 언급하지 않은 것도 같은 맥락이다.

　　스위치를 아무리 많이 내려놓아도 인간의 특성상 어
쩔 수 없이 발생하는 맹점들이 수도 없이 많을 텐데, 그것
까지는 어쩔 도리가 없다. 맹점과 관점을 지니고 있기에
독자는 같은 책을 보고도 전혀 다른 이야기를 읽어낼 수
있다. 오독의 자유란 그런 것이다. 하지만 저 어딘가에 있
는 한계를 핑계로 고칠 수 있는 문제를 내버려 둘 필요는
없다.

　　자, 이제 가서 SF를 읽어보자.

2부

글쓰기의
즐거움과 괴로움

가내 등단

작가는 어떻게 생겼을까? 이름표를 붙이지 않고 작가를 작가처럼 표현하려면 어떻게 해야 할까? 작가 룩이라는 게 있다면 그 룩을 구성하는 요소는 어떤 것들일까?

작가는 꽤 오래된 직업이다. 사람들은 세상 어딘가에 소설가라는 직업이 있다는 사실을 알고 있다. 소설을 거의 읽지는 않지만, 한국에서도 소설이 나온다는 이야기는 들은 적이 있으므로 한국 어딘가에 소설가가 살고 있으리라는 결론을 내리는 것도 어렵지 않다. 그런데 실생활에서 소설가를 만나면, 사람들은 마치 마법사나 우주 비행사를 만난 것처럼 깜짝 놀란다.

"소설가 실물은 처음 봤어요!" "그런 일을 하는 사람이 있다는 소문은 들은 적이 있는데 정말이었네요!" 영어 학원에서 만난 많은 사람이 이런 신기한 반응을 보였는데, 그 뒤에는 반드시 "책은 서점에 가면 살 수 있나요?" 하는 질문이 이어진다. 그러면 나는 즐거운 마음으로 책 소개를 한다. 공부를 그만둔 나이에 영어로 말하는 법을 다시 공부하기 시작한 것은 오로지 외국인들에게 내 책 이야기를 하기 위해서였으니 나로서는 딱히 피할 이유가 없다.

물론 내 안내를 받은 사람 중 상당수는 책을 사지 않았을 것이다. 한국에 있는 영어 학원이란 그런 곳이다. 모두가 데면데면하게 남남으로 앉아 있다가 선생님이 수업을 시작하면 갑자기 마음을 열고 자기 이야기를 꺼내는 마법의 시공간. 그 마법이 끝나고 나면 책 제목 같은 것은 휘발돼도 어쩔 수 없다. 여기서 중요한 점은 일상 공간에서 소설가를 목격한 사람들의 반응이다. 그리고 소설가를 처음 본 사람들의 반응은 외국인의 경우에도 크게 다르지 않다. 소설가는 실물로 존재한다는 사실 자체가 이미 신기한 사람이다.

출판업계 등에 속하지 않은 사람이 일상생활에서 작가를 만나면 다른 직업을 가진 사람들에게는 하지 않을 법한 방식으로 호기심을 드러내는 경우가 많다. 예를 들면 수입이 어느 정도인지를 묻는 것인데, 초면에 묻고 답하기에 적절한 질문은 아니지만 이런 일은 생각보다 흔하다. 물론 나도 그때마다 버럭 화를 내지는 않는다. 무례의 증거라기보다 당황한 징후에 가깝다고 여기기 때문이다. 앞서 말했듯 일상에서 작가를 만나는 일은 미리 대비하기 힘들 만큼 보기 드문 상황이다.

소설가가 초면에 받는 질문 중에는 이런 것도 있다. "작업실이 따로 있으신가요?" 많이 듣는 질문이지만 들을 때마다 의아한 질문이기도 하다. 다른 작가들은 대체로 작업실이 있단 말인가? "수입이 얼마인가요?"와 "작업실이 있으신가요?"는 쌍벽을 이루는 질문치고는 서로 너무 모순되는 질문 아닌가? '그래 봐야 얼마나 벌겠어'와 '그래도 작업실 임대료는 낼 수 있겠지'는 전혀 다른 두 세계에서 온 것 같은 가정이니까.

아무튼 나는 집에서 일한다. 또한 많은 작가가 나처럼 집에서 일하리라고 믿는다. 지중해 문명 시절 유럽인들이 태평양 같은 다른 바다도 결국 육지에 갇힌 거대한 호수 형태를 하고 있으리라 믿은 것과 유사하다. 그런데 직장과 주거가 분리되지 않은 환경에서는 "집에서 일을 하고 있다"라는 사실을 설득력 있게 보여주기가 힘들다.

그래서일까, 요즘도 드라마에 나오는 소설가들은 종이에 뭔가를 끄적이다가 화가 난 듯 종이를 구겨버리는 행동을 한다. 그 장면을 볼 때마다 떠오르는 생각은 현실적이지 않다는 지적보다는, 언젠가 나도 한번 저렇게 해보고 싶다는 쪽에 가깝다. 왠지 그렇게 해야 진짜 작가처럼 보일 것 같아서다. 전형적인 작가의 모습이랄까.

작가처럼 보이는 것은 쉬운 일이 아니다. 국회의원이나 변호사처럼 배지가 있는 것도 아니고, 작가 룩이라는 것을 특별히 떠올리기도 쉽지 않다. 작가처럼 입고 작가처럼 말한다는 것은 무엇일까? 그런 게 전혀 없지는 않다. 자기를 소개할 때 "소설가 누구누구입니다" 대신 "소설 쓰는 누구누구입니다"라고 한다든지, 방송에서 "저는 소설 쓰는 누구누구이고요" 할 때 맨 마지막 '요'를 '요오' 하고 길게 끌어서 발음하는 독특한 방식처럼 문학계 종사자라면 쉽게 알아들을 수 있는 특징이 몇 가지는 있다. 문제는 문학계에 속하지 않은 사람들이 그 신호를 읽어내지 못한다는 것이다.

일하는 방식 자체도 특별해 보이지 않는다. 작가는 누구보다 많은 양의 글을 써대는 사람이지만, 또한 그에 못지않게 많은 양을 지워대는 사람이지만, 이 작업은 눈에 보이지 않는다. 카페에 종이를 싸 들고 다니거나 바닥에 종이를 구겨서 버리지 않는 탓이다. 장편소설 교정지를 확인하거나 문학상 심사를 하는 경우는 예외다. 종이를 잔뜩 들고 다닐 기회이므로 때를 놓치지 않고 이리저리 쏘다니기도 하는데, 평소에도 그래야 한다면 소설가라는 직업은 지금보다 훨씬 고달픈 일이 될 것이 분명하다.

아무튼 디지털화된 작가의 작업 방식은 컴퓨터 앞에서 노닥거리는 것과 구별되지 않는다. 이것이 21세기의 풍경이고, 가내 등단이 필요한 이유다.

문제를 명확하게 정의해보면 이런 식이 될 것이다. 별수 없이 집에서 일을 해야 하는데 전혀 일하는 것처럼 보이지 않는 상황. 집에는 다른 사람들이 살고 있다. 같이 살지 않더라도 부모나 친지들은 원격으로 걱정스러운 말을 보태곤 한다. 분명 작가로 데뷔를 했고 그들도 그 사실을 알고 있지만, 어째서인지 "어서 직장을 찾아야 할 텐데" 하는 걱정을 하는 것이다. "어서 첫 소설집을 내야 할 텐데"나 "어서 문학상을 타면 좋을 텐데"가 아니다. "어서 취직을 해야 할 텐데"다.

대학원생의 처지도 이와 유사할 것이다. 분명 학자가 되겠다고 선언을 하고 20대 내내 그렇게 살아왔는데도, 부모님은 어째서인지 내가 교양을 쌓느라 고시 공부를 잠깐 미루고 있다고 생각하셨다. 내내 퀭한 얼굴로 도서관에서 빌린 낡아 빠진 책 따위를 짊어지고 다니던 시절이었는데도 그랬다. 갓 데뷔해서 아무도 안 보는(물론 몇 명은 본다) 잡지에 단편소설이나 한두 편 내곤 하는 작가란 걱정할 만한 상태조차 아닌 셈이다. 직업이 아니라 아예 취미 영역으로 분류되기 때문이다.

또 다른 예로는 고양이와 같이 사는 프리랜서 저술업자들의 경우를 생각해볼 수 있다. 나는 고양이를 잘 모르지만, 고양이가 사냥 하나 못 해오는 인간을 한심하게 여긴다는 이야기는 자주 듣는다. 같이 사는 고양이에게 인간 저술업자가 컴퓨터 앞에 앉아 있는 행위는 도대체 무엇으로 보이는 걸까? 소셜 미디어에는 자판 위에 드러누운 고양이 때문에 일을 할 수 없다는 작가들의 사진이 종종 올라온다. 고양이의 눈에 비친 작가란 정말이지 천하에 쓸모없는 짐승이 아닐지, 문득 숙연해지는 순간이다.

인간 배우자나 인간 부모님의 인식은 물론 그보다는 훨씬 나을 것이다. 그러나 그들 또한 무심코 야생의 습성으로 돌아가는 경우가 있다. 작가가 "집에서 일을 하고 있다"라는 사실을 까맣게 잊어버리는 것이다. 소설 쓰기처럼, 아무도 방해하지 않아도 작가 스스로 방해받을 요인을 찾아내서 어떻게든 방해를 받고야 마는 직업 활동에, 같이 사는 생명체들의 악의 없는 방해는 치명적일 수 있다.

가내 등단은 이 상황을 타개해가는 과정이다. 내가 만들어낸 말이고 누구나 알아듣는 말은 아니니 주의해서 사용하자. 가내 등단의 목표는 다른 사람의 눈치를 보지 않고 속 편하게 일하는 환경을 만드는 것이다. 특히 중요한 점은 집필에 들어가기 전, 그야말로 아무것도 없는 단계의 작업을 당당하게 해나가는 일이다. 작가는 멍하게 창밖만 바라보고 있어도 일을 하는 중이라지만, 막상 해보면 기나긴 구상 단계를 지나는 작가의 모습은 스스로 생각하기에도 한심할 때가 있다. 많은 구상 과정이 결과물로 이어지지 않는다는 점을 생각하면 더 그렇다. 정말로 아무것도 안 한 게 되는 것이다.

집필 단계는 그나마 낫다. 매일매일 일정 시간에 집필을 해도 글이 이상해지지 않는 스타일을 지닌 작가라면, 집에서도 한 번쯤 보여주기식 작업을 시도해볼 만하다. 그런데 모든 작가가 이렇게 할 수 있는 것은 아니다. 일단 나조차도 그런 스타일과는 맞지 않는다. 충분한 준비 없이 매일매일 조금씩 써버리면, 매일매일 조금씩 설익은 엉터리 글만 쥐어짜는 꼴이 되는 사람도 많다. 작가처럼 보이기란 이렇게나 어려운 일이다.

가내 등단을 완성하는 것은 사실 미디어다. 스스로

의 힘으로 작가라는 이름을 얻어내는 과정은 문학계 안에서도 더디고 긴 여정이다. 계절 주기로 느릿느릿하게 돌아가는 출판계의 시간 속에서 무럭무럭 성장해가는 작가라도, 21세기 현대 한국 사회의 시간개념을 기준으로 보면 그저 머뭇거리는 것으로만 비칠 수 있다.

미디어가 시켜주는 등단의 정석은 장년층이 많이 보는 신문에 인터뷰 기사가 실리는 것이다. 다음 단계는 조금 복잡하다. 그 기사를 부모님이나 친척 등 내 가족이 직접 읽는 과정이 중요한 것이 아니다. 핵심은 부모님의 지인이 내가 실린 신문 기사를 보고 부모님에게 전화를 걸어 기사를 봤다고 제보하는 것이다. 그러면 그 이야기를 들은 부모님은 "그걸 가지고 뭐……" 하면서 대수롭지 않다는 반응을 보이게 되는데, 여기까지가 한 세트다. 이 과정이 완성되었다면 가내 등단이 이루어진 것이다.

물론 마지막 단계가 남아 있기는 하다. 내가 저 대화를 어떻게 알고 있을까. 저런 일이 일어났다고 나에게 통보하는 과정이 있었기 때문이다. 이렇게 작가는 비로소 멀쩡한 직업을 가진, 가족의 정상적인 일원으로 살아남는다. 그 신문 인터뷰를 고양이도 좋아할지는 모르겠지만, 고양이도 인정하는 등단법은 고양이와 함께 사는 사람들의 과제로 남겨두기로 한다.

고양이도 인정하는 등단법은 고양이와 함께 사는
사람들의 과제로 남겨두기로 한다.

우리 집의 경우는 한 장면이 특히 인상적이었다. 「안녕, 인공존재!」라는 단편소설로 문학상을 받았을 때, 잡지에 함께 실린 심사평이 결정적인 역할을 했다. 심사위원이셨던 박완서 선생님의 평을 본 어머니는 그때야말로 진심으로 내가 무언가 의미 있는 일을 하는 사람이라고 생각하신 듯하다. 그전에도 무슨 일을 하든 대체로 지지해주시는 편이었지만, 이 순간은 조금 더 특별했을 것이다.

대학 시절 친구들은 김윤식 선생님의 교양 수업을 들으러 여럿이 함께 몰려다니곤 했다. 나는 그 수업을 듣지 않는데, 내 글은 언젠가 선생님의 레이더에도 걸려들어서 여러 편의 월평으로 남기도 했다. 친구들에게 그 일은 꽤 의미 있는 일이었을 것이다. 그중 하나는 선생님의 입버릇을 흉내 내며, "이런 너절한 글" 하는 소리를 듣지 않은 것만으로도 정말 대단한 일이라고 말해주기도 했다.

이 두 분과의 일화가 특히 기억에 남는 것은, 이분들이 읽고 언급해주신 덕분에 내가 발표한 글들이 괴상하고 통통 튀는 우당탕탕 SF로 여겨지는 단계를 넘어, 소설로 읽힐 기회를 얻었다고 여기기 때문이다. 고양이에게도 이런 게 먹힐지는 모르겠지만.

작가가 아니었던 사람이 작가가 되어가는 과정에서 겪는 일은 그 외에도 많다. 예를 들어, 나는 자기 이름으로 된 작가의 첫 단행본을 박사 학위 논문에 비유하곤 한다. 업계에 있는 사람들에게도 업계 밖에 있는 사람들에게도, 혼자서 채운 책 한 권을 냈다는 것은 앞으로도 계속 그 일을 하겠다는 강력한 인증으로 받아들여질 수 있다. 작품이 아무리 훌륭해도 여럿이 함께 낸 책밖에 없는 작가는 추천할 수 있는 범위에 제약이 있다. 그 심리적 저항선을 넘어서는 일은, 책이 베스트셀러가 되는 것과는 다른 차원에서 여전히 의미가 있다.

또한 작가는 편집자와의 만남을 통해 비로소 완성된다. 편집자를 만나 함께 일하는 것, 그중 나와 잘 맞는 편집자를 만나게 되는 것, 두 가지 모두 작가가 되어가는 과정에서 일어나는 결정적인 장면들이다. 큰 상금이 걸린 공모전에서 당선되는 것도 중요하지만, 그것 말고도 많은 일들이 작가를 작가로 만들어간다. 맨 처음 작가라는 이름을 얻는 일 자체는 사실 큰 의미가 없고, 결국은 좋은 작가로 성장하고 살아남는 것만이 유의미하다. 데뷔를 마친 작가들이 작가 지망생들에게 한결같이 하는 말이지만, 그들은 귓등으로도 듣지 않는 말이기도 하다. 그런데 이 이야기는 엄연한 사실이다. 어찌어찌 작가라는 타이

틀을 얻어냈지만 끝내 자신을 설득해내지 못해서, 아무
도 모르는 곳에 슬그머니 그 이름을 도로 내려놓고 마는
사람도 적지 않다.

그 모든 일을 헤쳐 나가기에 앞서, 우선 가내 등단
을 완성해보자. 어떻게 해야 하는지는 각자에게 달린 문
제인지도 모르겠다. 우리에게는 거쳐야 할 과정과 멍하
게 바라보아야 할 창문들이 아직도 많이 남아 있다. 그때
마다 일일이 이유를 설명하기에는 창문의 숫자가 너무나
많지 않은가.

글쓰기의 즐거움

글쓰기는 원래 즐거운 일이다. 믿지 않는 사람도 많겠지만, 그 불신은 글쓰기의 근원적인 즐거움에 뒤따르는 골치 아픈 경험에서 비롯되었을 가능성이 높다.

학이시습지 불역열호 學而時習之 不亦說乎

배워서 때때로 익히면 또한 기쁘지 아니한가.

공자님의 이 말씀은 글을 읽고 쓰는 일의 근원적인 즐거움을 담은 말일 것이다. 그런데 그 즐거움 직후에 보이는 것들은 골치 아픈 신호들로 가득하다. 일단 이 말은 "자왈子曰"하고 시작된다. 그리고 한자로 원문을 표기해야 한다. 혹시라도 한자를 틀리면 망신을 당할 수도 있다. 아, 이 얼마나 번거로운 일인가.

현대인에게는 그것 말고도 글쓰기에 대한 안 좋은 기억이 많다. 글쓰기는 숙제고 시험이다. 전문가들에게도 마찬가지다. 많은 작가들이 "글을 쓴다"라는 말 대신 "마감한다"라는 표현을 쓴다. 원고 접수 마감은 편집자가 하는 거지 작가의 일은 아니라고 생각해서 나는 쓰지 않는 표현이지만, 작가들 사이에서는 일종의 업계 용어가 아닐까 싶을 정도로 널리 사용된다.

장해물이 엄청나게 많기는 해도 글쓰기는 원래 즐거운 일이다. 누가 가르치지도 않았는데 어깨너머로 읽고 쓰기를 배워버리는 아이는 왜 자꾸 생기는 걸까? 단지 세종대왕님이 한글을 너무 쉽게 만들어버린 탓은 아닐 것이다.

나를 잘 모르는 청중을 대상으로 강연을 할 때 '나 이런 사람이야' 하고 알리는 용도로 자주 활용하는 작품이 있다. 내 소설집 『예술과 중력가속도』의 처음을 여는 「유물위성」이라는 단편소설이다. 손석희 아나운서가 메인 뉴스 앵커 브리핑에서 이 책을 소개하는 사진을 강연 첫머리에 띄워놓고 나면, 나는 비로소 조금 신뢰할 수 있는 사람이 된다.

소설의 첫 문장은 이렇다. "누님들, 글자를 읽는다는 건 그 자체로도 충분히 즐거운 일 아니겠습니까." 소설의 주인공인 고고학자 메흐멧은 맨 처음 글이라는 것을 읽어낸 순간을 이렇게 말한다. "누구한테 배워서 안 게 아니었고, 그냥 어깨너머로 하나하나 글자를 깨쳤던 걸로 기억합니다. 그러던 어느 날이었습니다. 읽을 수 있는 글자가 충분히 많아진 시점이었겠죠. 갑자기 거리의 간판들이 눈에 확 들어오는 게 아니겠습니까. 예, 읽을 수 있게 된 거였습니다. 그냥 그림인 줄 알았던 모양들이 갑자기 의미를 갖게 된 순간이었죠. 마치 불이 켜진 것 같았습니다. 딱히 불이 들어오는 간판도 아니었는데 말입니다. 그게 바로 의미라는 거였겠죠. 무언가 눈앞에서 반짝반짝 빛나는 것 같은, 그런 빛나는 것들로 가득 차 있는 세상이라니." 글을 읽는 것은 원래 즐거운 일이다. 동의하지 않는 사람이 많겠지만.

메흐멧은 그 즐거움을 잊지 않고, 다른 사람들이 해독하지 못한 수수께끼의 고대 문자를 해독하는 일에 인생을 바친다. 그러던 어느 날 그림처럼 보이던 상형문자 하나가 의미를 담은 빛을 뿜어낸다. 그리고 숨겨져 있던 비밀이 펼쳐지기 시작한다. 이 소설의 구조다.

여기에서 메흐멧의 훌륭한 점은 글 읽기의 가장 근원적인 즐거움을 어른이 되고 나서도 간직하고 있다는 것이다. 나 또한 그런 사람 중 하나다. 아주 어렸을 때 글쓰기의 즐거움을 알아버린 사람이고, 글을 쓰게 된 계기가 무엇이냐는 질문을 받았을 때 대답할 말이 별로 없는 작가다. 왜냐? 글쓰기는 원래 재미있기 때문이다. 적어도 나에게는 그렇다.

물론 세상에는 보다 치열한 이유로 글을 쓰는 사람들이 많다. 살아남기 위해 글을 쓰는 작가, 쓰지 않을 수 없어서 힘들게 글을 끄집어내는 작가들의 묵직한 회고 사이에서 나의 즐거운 글쓰기 이론은 좋은 대접을 못 받는다. 일단 좀 볼품없어 보이기 때문이다. 한번은 작가 여러 명이 돌아가며 이제 막 발표한 소설에 대한 감상을 이야기하는 자리에 참석했다. 나에게 첫번째로 마이크가 주어지고, 나는 언제나 그렇듯 그 글을 쓰면서 얼마나 즐거웠는지를 주저리주저리 떠들어댔다. 그런데 내 순서가 끝나고, 다음 네 명이 한결같이 나오는 정반대 이야기를 했다. 글쓰기가 얼마나 어려운 일이고 지금 막 발표한 그 글을 쓰기 위해 자신들이 얼마나 많은 고통을 겪었는지에 관한 것이었다. 청중들은 그들의 말에 깊이 공감했다. 인터넷에 올라온 행사 후기에서도 똑같은 분위기를 확인할 수 있었다.

그런 일을 겪고 나면 나도 이제 다른 이야기를 해볼까 하고 마음이 흔들린다. 하지만 다음 책이 나올 때면 나는 또 늘 하던 이야기로 돌아오고 만다. 지금도 여전히 글쓰기가 즐겁고, 그래서 천만다행이라는 소리를 「작가의 말」 같은 곳에 남기게 된다. 다시 한번 말하지만 메흐멧의 훌륭한 점은 글을 읽는 즐거움을 끝까지 잊지 않았다는 것이고, 나 또한 글쓰기의 즐거움을 어른이 될 때까지 무사히 간직한 케이스다. 「유물위성」도 내가 쓴 글이므로 나는 사실 케이스가 아니고 본체다.

기억하기로 나는 한글을 깨친 이후 줄곧 무언가를 써서 누군가에게 보여주고, 그들이 놀라워하는 모습을 보는 것을 즐거움으로 알고 살아왔다. 학교나 성당 주일학교에서 하는 온갖 백일장, 글짓기 숙제 등등. 문학을 꿈꾸는 요즘 청소년들과 다른 점은, 내가 학생이었던 시절 내 주변에는 그렇게 빤히 보이는 취향과 재능을 확인하고도 글쓰기를 직업으로 삼으라는 어른이 단 한 명도 없었다는 점이다.

위기도 있었다. 국민학교라고 불리던 초등학교 시절, 나는 우리 학교 글짓기 대표 선수 같은 것으로 뽑혔다. 학교에서 입상을 노리고, 당시에는 일주일에 단 하루

휴일이었던 일요일에 나 같은 아이들을 백일장에 내보낸 것이다. 그때 지도를 맡은 선생님이—다소 바람직하지 않은 교육자였는데— 어느 날 동시 백일장 수상 작품집 두 권을 건네더니, 거기 실린 글들을 잘 외워뒀다가 백일장에서 비슷한 주제가 나오면 살짝살짝 베껴 쓰라는 가르침을 주기도 했다. 그를 봐야 했던 그 몇 날이 내 인생을 통틀어 글쓰기가 제일 괴로웠던 기간이었다. 결국 나는 열세 살 나이에 절필을 했다! 진심으로 글쓰기가 끔찍해서였다. 내 글쓰기 인생 최대의 위기였으나, 돌이켜보니 절필한 것은 '동시'뿐이고 다른 종류의 글은 끊은 적이 없다.

글쓰기를 원래 좋아하는 사람에게 '다른 종류의 글'이란 어디까지를 말하는 것일까? 군대에 있을 때 나는 행정장교로 일했다. 그 일의 끔찍한 점은, 딱히 내가 저지른 일도 아닌데 책임질 일의 가짓수가 엄청나게 많다는 것이다. 처음 감찰실에 가서 사유서라는 것을 쓰던 날의 침울한 기분이 아직도 생생하다. 사유서라니! 반성문 하나 써본 적 없는 모범생이 감찰실에 불려가서 사유서를 쓰다니!

그러나 경력이 조금 쌓이자 나는 곧 사유서 장르의 마스터가 되고 말았다. 엄밀히 말하면 사유서는 반성문이 아니다. 반성문 형식을 하고 있지만, 실제로는 서로 책임을 전가하는 행정 시스템상 저쪽이 아니라 내가 잘못한 것이라고 밝히는 확인서에 가깝다. 3년 단기 복무하는 장교가 사소한 행정적 비난을 뒤집어쓰는 일은 꽤 흔해서, 그 일은 곧 일상이 되어버렸다.

나에게 사유서는 정형시 같은 장르였다. 읽는 사람은 이름과 군번 말고는 아무 신경도 안 썼겠지만 나는 점점 형식의 아름다움과 내용의 절묘함, 독자가 원하는 것을 그대로 짚어내면서도 끝내 내 목소리를 잃지 않는 유연함을 사유서에 담기 시작했다. 그리고 난생처음 사유서를 쓰게 되는 바람에 절망적인 얼굴을 하고 내 사무실로 찾아온 불쌍한 관제탑 성 중위 같은 사람을 위해 사유서를 대필해주기도 했다. 왜? 나에게 글쓰기는 근본적으로 즐거운 것이기 때문이다.

잠깐 회사를 다니던 시절에는 내가 기획에 참여한 행사의 기관장 축사를 어찌나 공들여 썼던지, "에잇, 그만 다닐래요!" 하고 퇴사한 다음 달에 기관장의 다른 행사 연설문을 써달라는 전화를 받기도 했다. 글쓰기란 본시 그렇게 즐거운 일이다.

물론, 정말로 좋아하는 일을 직업으로 삼지 말라는 사람들의 충고는 새겨들을 부분이 있다. 혼자 책상에 앉아 글을 쓰는 것은 여전히 즐거운 일이어도 그다음에 일어나는 일, 즉 책을 내는 과정은 나에게도 꽤 골치가 아프다. 이것도 엄연히 직업이므로 일의 괴로움은 글 쓰는 즐거움을 잠식해갈 것이고, 언젠가는 나도 글쓰기가 고통스러운 과정이었다고 쓰게 될지도 모른다. 여전히 글쓰기가 즐거워서 참 다행이라는 말을 계속해서 하는 것은, 사실 그런 날을 염두에 두고 있다는 증거다.

다만 나는 그날이 오기를 두 손 놓고 기다리지는 않는다. 글쓰기가 계속 즐거운 일로 남아 있도록 내가 할 수 있는 노력을 게을리하지 않는다. 이를테면 내 표현으로 '자기 주도 창작' 같은 일을 하려고 노력한다.

작가는 청탁을 받고 글을 쓰게 된다(부정 청탁 같은 것은 아니다). 청탁을 받고 글을 쓰고 청탁을 받고 글을 쓰고 하는 순서인데, 소설가가 하는 일의 일반적인 과정이 그렇다. 말하자면 청탁 주도 창작을 하게 되는 셈이다. 자기 주도 창작은 글을 쓰고 청탁을 받고 글을 쓰고 청탁을 받고 하는 순서로 일을 하는 것이다. 보통 소설 청탁은 작가가 주제를 정해 표준화된 분량을 자유롭게 쓰면 되기에 가능한 일이다. '재고' 하나를 미리 만들어두어야 한다는 차이가 있기는 하지만, 긴 시간에 걸쳐 일을 하다 보면 일정 기간 동안 비슷한 횟수의 청탁을 받고 비슷한 양의 글을 쓰게 될 것이므로 무리한 일정은 아니게 된다. 단, 재고가 남는데 제때 청탁이 들어와주지 않으면 직접 지면을 구하러 다녀야 하는 불편도 있고, 주제가 정해진 청탁을 받을 경우 재고를 활용할 수 없다는 문제도 있다.

그래도 이 방식으로 일을 하는 것은, 내가 쓰는 글이 청탁에 갇히지 않고 마감에 쫓기지 않게 하기 위해서다. 소설은 글이 실릴 매체가 정해지지 않았을 때 가장 자유롭게 풀려나간다. 나처럼 SF 지면과 문학 지면 양쪽에 글을 발표하는 작가에게는 한층 분명하게 체감되는 명제다. 문학잡지 청탁을 받았는데 우주 전쟁 이야기를 쓸 수 있을까? 모범생 생활을 20년쯤 한 사람에게는 쉽지 않은 일이다. 자유롭게 써도 좋다는 확답을 받아도 일반적인 창작자라면 매체 자체의 목소리에 신경이 쓰이게 마련이다. 하지만 그 청탁을 받기 전에 내가 이미 써놓은 글이 우주 전쟁 이야기라면, 나는 한결 자신감 있게 써놓은 글을 내밀 것이다. 경험상 청탁한 쪽에서도 이편을 원하는 경우가 많다.

아무 일도 하지 않아도 되는 휴가가 두 달쯤 주어진다면, 나는 아마 어딘가에 가서 근본도 없고 계통도 없는 SF 소설 한 편을 쓰고 있을 것이다. 나에게 글쓰기는 세상에서 제일 재미있는 놀이다. 가끔은 가벼워 보이기도 하겠지만, 그 즐거움에 대한 자각이야말로 작가로서 내가 지닌 가장 탄탄한 근육이다.

한번쯤 가만히 기억을 더듬어보자. 괴롭고 번거로운 것들을 다 걷어내고 글쓰기가 순수하게 즐겁기만 했던 어떤 순간을 만날 때까지. 어딘가의 근육이 불끈불끈한다면 당신은 나와 비슷한 사람이다.

글쓰기의 괴로움

글쓰기는 원래 괴로운 작업이다. 특히 첫 문장이 나오기까지의 기간이 그렇게 괴롭다. 무언가를 쥐어짜는 고통인데 나오는 것은 아무것도 없다. 결말이 이미 다 정해져 있고 등장인물이 할 말까지 모조리 생각해두었어도 마찬가지다. 첫 문장은 마지막 문장이다. 집필 단계에서 나오는 첫 문장은, 주로 머릿속에서 이루어지는 기나긴 구상 단계의 마지막 날에야 비로소 도출되는 인고의 산물이다.

어느 해에 초단편 소설을 많이 써볼까 하고 마음먹었던 적이 있다. 짧은 분량의 이야기가 갖는 특유의 매력을 깨달은 뒤였다. 그런데 문제가 있었다. 첫 문장이 나오기까지의 그 괴로운 기간이 일주일에 두 번씩 반복되는 것이었다. 초단편 소설 다섯 편 분량의 단편소설 하나를 쓴다면 딱 한 번만 겪으면 될 일을, 같은 기간 동안 다섯 번이나 나누어 겪는 셈이다. 결국 이듬해에 나는 장편소설을 쓰기로 마음먹었다. 장편소설의 경우 괴로운 기간을 한 번만 거치고 나면 그 뒤로 몇 달은 걱정할 필요가 없다. 다만 그 한 번의 기간이 단편소설보다 훨씬 길어지기는 한다.

첫 문장을 쥐어짜는 기간의 고통은 복합적이다. 결과물이 나오지 않으므로 한심하고 무기력한 느낌이 드는 것은 기본이다. 더 심각한 것은 불안이다. 작가들은 흔히, 다시는 소설을 써낼 수 없을 것만 같은 불안을 겪곤 한다. 소설 쓰는 방법을 완전히 까먹고 이제 어떻게 하나 망연자실하는 것이다. 사실 이것은 자연스럽고 바람직한 현상이다. 소재를 떠올리자마자 어떻게 쓰면 좋을지 모든 계획이 머릿속에서 좍 펼쳐지는 사람은, 말하자면 틀에 박힌 글쓰기를 하고 있는 것이다. 구조 자체를 미리 정해놓고 쓰는 것을 당연하게 생각하는 문화산업 영역도 있지만, 적어도 내가 활동하는 문학계나 소설계에서는 그런 방법으로 글을 쓰지 않는다. 그러니 이 영역 안에서 새글을 쓰려고 마음먹은 작가는 늘 새로운 구조를 만들어내야 한다. 그 순간은 막막할 수밖에 없다.

첫 문장이 나오기까지 작가가 겪는 고통 중 이상한 감정 한 가지를 최근에 발견했다. 바로 상처받았다는 느낌이다. 누가 나에게 상처를 주었는가? 아무도 주지 않았다. 그 순간 내가 그런 글을 구상하고 있다는 사실을 아는 사람 자체가 거의 존재하지 않는 것이나 다름없다. 그런데도 나는 마치 크게 상심한 사람처럼 갈피를 잡지 못하고 시름시름 앓곤 한다. 어쩌면 이 감정은 나만 혼자 숙제를 짊어지고 있다는 생각과도 비슷할 것이다. 남들은 모두 여유롭게 즐기고 있는 연휴 기간에, 나만 혼자 연휴 다음 날이 제출 마감인 숙제를 떠안고 있는 것처럼 세상에서 분리된 느낌이 든다.

해결 방법은 특별히 고민해보지 않았다. 요즘은 이 기간을 슬럼프라고 생각하지 않고 창작의 자연스러운 과정 중 하나로 여긴다. 그러면 마음이 좀 편안해진다. 이것은 근거 없는 생각이 아니다. 쓰려는 글이 단편인지 중편인지 장편인지에 따라 이 기간이 꽤 예측 가능한 정도로 길어지기 때문이다. 긴 글을 쓰려면 더 오래 상처 입은 상태가 된다는 것은, 도대체 무슨 일이 벌어지는지 알 수는 없지만, 이 기간 동안 첫 문장 이후 집필을 해나가는 데 필요한 많은 것들이 결정된다는 의미일 것이다.

또 다른 재미있는 발견은, 나는 오로지 이 기간 동안
에만 소설 작법에 대해 생각한다는 점이다. 첫 문장이 나
오고 집필이 시작되고 나면 작법 따위는 잊어버린다. 소
설이 아닌 지금과 같은 글을 쓰려면, 이 기간에 깨달은 것
들을 많이 기억해내야 하는 셈이다.

이 괴로운 기간을 설명하기 위한 비유도 이때 고안
해냈다. 브라흐마, 비슈누, 시바의 비유다. 세 신은 각각
창조와 유지와 파괴를 담당한다. 소설가의 일도 이 세 단
계를 거친다. '브라흐마'는 무에서 유를 창조해내는 위대
한 신이지만, 나는 오로지 이 기간에만 글쓰기의 괴로움
을 절감한다. "글을 쓸 때 조용한 곳을 좋아하시나요, 아
니면 배경 소음이 있는 곳을 선호하시나요?"와 같은 질
문은 창작의 단계에 따라 대답이 갈리는 질문이다. 브라
흐마가 지배하는 단계에서, 즉 첫 문장을 쥐어 짜내기 위
해 난데없이 상처받은 사람의 행색을 하고 다니는 단계
에서, 나는 소음이 전혀 없고 방해하는 사람도 없는 조용
한 곳을 찾아 들어간다. 물색해놓은 동굴이 따로 있는 게
아니므로 주로 조용한 시간대를 이용할 뿐이지만, 아무
튼 브라흐마가 지배하는 기간에는 조용한 곳이 가장 좋
은 곳이다.

'비슈누'는 다르다. 첫 문장 이후에 등장하는 비슈누는 오히려 나를 지배할 때가 많다. 이야기에 완전히 빨려 들어가서 외부 자극이 크게 중요하지 않다. 이야기에 빙의된 것 같은 이 기간에는 다른 문화 활동을 즐기기가 어렵다. 스토리가 있는 모든 작품은, 내 머릿속에서 24시간 돌아가고 있는 이야기와 사사건건 충돌한다. 영화 한 편에는 세부적인 장면이 대단히 많이 들어간다. 장편소설에 들어가는 장면은 그보다 많다. 이 장면들이 서로서로 비교되고 충돌하고 쓸데없이 영향을 주고받는 때가 이 기간이다. 심지어 가사가 없고 배경 스토리도 전혀 모르는 클래식 콘서트를 보러 가도 마찬가지다. 평소에 그런 생각을 해본 적은 딱히 없는데, 비슈누가 지배하는 기간에는 음악이 흐름의 예술이라는 것이 너무나 분명해진다. 그 흐름이 만들어내는 미미한 스토리의 흔적마저도 머릿속에 들어 있는 이야기와 충돌한다. 직업이 직업인 만큼 여러 이야기를 검토할 수 있으면 좋을 것 같지만, 완성되지 않은 글을 다듬는 단계에서는 꼭 그렇지만도 않다. 남이 쓴 답안이 더 좋아 보이면 별것 아닌 것에도 현혹될 수 있다.

다음 단계인 '시바'는 파괴와 삭제를 통해 작품을 더 완전하게 만드는 기간으로, 다행히 이 신의 지배를 받는 기간은 길지 않다. 잘 덜어낼 줄 알아야 좋은 작가라고 충고하고 싶은 사람도 있겠지만, 이 세 신의 비유는 어디까지나 비유일 뿐이니 너무 진지하게 파고들지는 않기를 바란다. 그래도 아주 가끔 나 또한 시바의 존재 이유를 이해하게 될 때가 있는데, 내 경우에 이것은 오로지 글쓰기를 통해서만 가능한 깨달음이다.

이 이론에는 구멍이 많다. 결정적으로 시바 단계는 적당히 끼워 맞춘 상태라는 게 딱 봐도 눈에 들어온다. 그래도 이 이론을 고안한 후 좋아진 점이 있다면, 슬럼프를 가시화하고 이해하게 됐다는 것이다.

어떤 슬럼프는 슬럼프가 아니다. 글쓰기라는 작업은 집필하고 타이핑하는 것 이상으로 긴 과정이다. 비슈누 단계만 글쓰기가 아니고 브라흐마나 시바도 엄연한 글쓰기다. 작가의 원고료는 분량으로 계산된다. 여기에 시바의 업적은 포함되지 않는다. 어떤 작가가 원고지 140매 분량의 글을 쓴 다음 20매 분량을 덜어내는 작업을 거쳤을 때, 이 작업의 양은 160매가 아니라 120매로 계산된다. 그러나 글 쓰는 사람들은 알고 있다. 위대한 시바께서 일을 하셨다는 사실을.

브라흐마도 마찬가지다. 아무것도 없는 곳에서 문장 하나를 짜낸 이 위대한 신의 손길은 원고료로 환산되지 않는다. 겉으로 보기에 이 과정은 전혀 일이 아니기 때문이다. 이 단계를 거치는 작가의 일상은, 책상을 정리하고 집 안을 물걸레로 박박 닦고 유리창 닦는 도구를 사와서 평소 안 하던 유리창 청소를 하는 것과 같은 활동으로 채워져 있다. 하루 종일 멍하니 창밖을 바라보거나 밤새 외국 드라마를 몰아보는 일도 포함된다. 그게 일인가? 일이다. 창작은 그런 이상한 일이다.

　　이 괴로운 단계를 빨리 넘기기 위해 해볼 만한 일들이 없는 것은 아니다. 다른 관련 작품을 보면서 아이디어를 얻는 방법은 권하지 않는다. 누군가에게는 도움이 되는 방법이겠지만, 나와 비슷한 생산 설비를 갖춘 사람이라면 슬럼프에서 헤어 나오지 못하는 이유가 될 수도 있다. 내가 시도해본 방법들은 근본적인 해결책이라기보다 조금은 주술적인 것들이다. 먹히면 좋고 아니면 그만이라는 의미에서. 이를테면 마트에 가는 것이다. 어느 물건이 어디에 놓여 있는지 이미 잘 알고 있는 동네 마트는 일종의 '기억의 궁전' 같은 역할을 한다. 저녁에 해 먹을 메뉴를 정하고 필요한 재료를 찾아 장바구니에 담는 일은, 아마도 현재 머릿속에 들어차 있는 소설의 소재들이 구성되는 과정과 관련이 있을지도 모른다. 그렇게 믿고 마트를 찾는 것이다.

그런 주술적인 방법 말고 프로 작가가 할 수 있는 근본적인 해결책은 역시 슬럼프를, 첫 문장이 나오기 직전의 상처받은 듯한 상태를, 글쓰기의 정상적인 과정으로 인정하고 적절히 통제하는 것이다. 여기서 통제란 이 작업을 집필 기간에 집어넣으라는 뜻이다. 집필에 3개월이 걸리는 작업이리면, 집필 이전에 걸리는 괴로운 기간이 얼마일지 되도록 빨리 감을 잡고 그 기간을 작업 일정에 포함시켜야 일을 제때 마무리할 수 있다. 그러면 전체 작업 기간은 4개월 혹은 5개월이 될 것이다. 더 긴 사람도 있을 수 있는데 그것은 이상한 일이 아니다. 문제는 이 사람이 작업 기간을 3개월로 잡았을 때 발생할 따름이다.

그리고 이왕이면 시바가 활동하는 시간도 포함시키기 바란다. 마감이 2주 뒤 일요일인 글을 2주 뒤 일요일에 완성하지 말라는 뜻이다. 시바는 비슈누가 일단 잠들어야 깨어난다. 물론 편집자를 시바로 모시는 사람에게는 해당되지 않는 말이다.

누가 뭐래도 글쓰기는 근원적으로 괴로운 작업이다. 이것은 신의 축복이다. 세상에는 재미있는 이야기를 가지고 있는 사람들이 어마어마하게 많다. 가끔 천문학자들을 만나면 느끼는 바다. 그냥 글로 쓰기만 하면 모두에게 사랑받을 이야기를 아무렇지도 않게 줄줄 풀어내는 사람들. 그런데 그들 모두가 글을 써낼 수 있는 것은 아니다. 대부분이 첫 문장을 짜내는 괴로움을 견뎌내지 못하기 때문이라고 생각한다.

그들에게 부족한 것은 인내심이 아니다. 조금만 더 버티면 내 안에 깃든 브라흐마께서 반드시 첫 문장을 뽑아내셔서 작법 따위, 글 쓰는 괴로움 따위는 생각조차 나지 않게 해주시리라는 믿음이 부족한 것이다. 이런 종류의 믿음은 경험을 통해서만 단련될 수 있다. 그 덕분에 작가는 작가라는 직업을 가질 수 있다.

첫 문장을 시작할 용기를! 그래서 다음 시즌에도 여전히 작가로 남아 있기를! 빈 화면을 보며 고심하는 모든 작가들을 위한 위로의 말이다.

일확천금을 꿈꾸며 성실하게

　　이것은 나의 직업적 모토다. 직업인으로서의 심오한 철학을 담은 좌우명은 아니고, 청소년을 대상으로 한 직업 탐방 강연을 준비하다가 깨달은 이 직업의 경제학적 토대다. 작가의 수입은 원고료와 인세로 나뉜다. 강연료나 다른 직업을 통해 들어오는 수입이 더 큰 경우도 많지만, 이론상 작가의 수입은 저 두 가지다. "태초에" 작가는 이렇게 돈을 벌었다고 가정해도 좋다.

　　'원고료'는 원고를 쓰는 일에 대한 보상이다. 예를 들어, 단편소설을 잡지에 실을 경우 작가는 원고 분량에 비례하는 보수를 받는다. 이때 원고의 양을 재는 단위가 200자 원고지라는 것인데, 이것은 가득 채우면 띄어쓰기를 포함해 200자가 되는, 빨간색 칸이 그려져 있는 예쁜 종이다. 요즘은 쓰는 사람이 거의 없고 해가 갈수록 "원고지가 도대체 무슨 뜻인가요?" 하고 질문하는 사람이 더 많아지겠지만, 이런 관습은 한동안 계속 이어질 것으로 보인다. "축구장 세 배 면적"과 같은 것인데, 누가 이런 표현을 썼다고 그 지역에 축구장 세 개가 들어선다는 말은 아니다. 그러니 공모전에 투고할 원고를 실제로 원고지에 프린트해서 보내지는 말기 바란다.

한편, 작가가 책을 낼 때는 '인세'라는 이름의 수익이 발생한다. 이것은 노동에 비례하는 보상이 아니다. 글을 길게 쓴다고 인세를 더 받는 것이 아니고, 책값이 비싸거나 책이 많이 팔려야 더 많은 인세를 받는다. 인세가 영어로 '로열티'라는 점을 떠올려보면 이해가 빠를 것이다. 원래는 책마다 붙어 있던 '인지'라는 이름의 작은 우표같이 생긴 딱지에 '인지세'라고 불리는 요금을 내는 개념이지만, 이 또한 이미 고대의 유물이다.

요즘 말로 인세는 저작권료다. 책에 대한 저작권 사용료가 기본이지만, 영화나 드라마 같은 다른 매체에 대한 저작권도 포함된다. 이것을 2차 저작권이라고 하는데, 여기에 해당하는 수익은 생길 수도 있고 영영 안 생길 수도 있다. 요즘 기준으로 작가가 성공하느냐 마느냐는 이 부분이 관건이라는 점은 모두가 짐작하리라 믿는다.

아무튼 "태초에" 작가의 수입은 이 두 가지로 구성되어 있다. 써낸 분량만큼 노동의 가치를 보상받거나, 시장에서 평가되는 작품의 가치에 따라 책정되는 사용료를 받거나. 이 두 가지 수익 모델을 가지고 생계를 꾸려나가다 보면, 어쩔 수 없이 이르는 결론이 바로 이 글의 제목이다. "일확천금을 꿈꾸며 성실하게!"

작가에게 출판은 일확천금을 꿈꾸게 하는 사업이다. 도박 같은 삶을 좋아하지 않는 사람도 이 직업을 통해 경제활동을 하는 한 "대박"을 꿈꾸지 않을 수 없다. 욕망을 부추긴다는 의미가 아니라 수익 구조 자체가 그러하다. 예를 들어, 일반적이고 소박한 출판계약서에는 책이 아주 적게 팔리는 상황부터 아주 많이 팔리는 상황까지 커버할 수 있는 조항들이 들어가 있다. 또한 책을 내는 일은 지적재산을 만들어서 묻어두는 일이기도 하다. 출판사는 그 지적재산을 잔뜩 수집해 땅에 심어두는데, 시간이 흐르면 그중 몇 개가 자라나 풍성한 열매를 맺는다. 이 업계에서 성공은 허영이 아니라 지극히 평범한 기대다.

"일확천금"을 굳이 모토에서 언급하는 것은 이 점을 껄끄러워하지 않고 인정하려는 의도다. 성공의 그림자는 기나긴 좌절이므로, 이렇게 객관화해두는 것만으로도 정신 건강에 큰 도움이 된다. "성실하게"는 노동에 대한 보상, 즉 원고료 부분에 대한 이야기다. 일확천금처럼 불확실한 수익에 기대는 것은 생계를 꾸리는 데 도움이 되지 않으므로, 가능하면 작가는 성실한 편이 낫다. 노동에 비례하는 수익이 어느 정도는 있어야 건전한 가계를 꾸릴 수 있기 때문이다. 물론 다른 생각을 가진 사람도 있을 것이다.

프로가 된다는 것은 이런 자세를 갖게 되는 것이다. 내 모토를 받아들여야 프로라는 뜻이 아니고, 저마다 각자의 모토를 품어야 프로라는 의미에 가깝다.

내 모토의 "성실하게" 부분은 고객에 대한 서비스를 다짐하는 말이 아니다. 성실함에 관한 한 나는 노력이 더 필요한 작가는 아니다. 일반적으로 편집자와 작가의 관계는 편집자가 작가에게 원고를 내놓으라고 닦달하는 장면으로 묘사되곤 하지만, 내 경우는 다르다. 원고를 얼른 줘놓고 이따금 편집자에게 연락해서 왜 책이 안 나오는지 문의하는 경우도 종종 있으니까. 나에게 중요한 부분은 오히려 이 직업의 지향점이 일확천금이라는 사실을 겸허히 받아들이고 과감하게 상업성을 발휘하는 쪽이다.

애초에 글을 써서 돈을 벌겠다는 멍청이는 제아무리

상업적이어도 거기서 거기다. 또한 다른 요소를 고려하지 않은 이 직업의 원초적인 수익 구조에 따르면, 원고료와 저작권료를 추구하는 행위는 대단히 순수한 경제활동이기도 하다. 그럼에도 상업성을 발휘하는 것은 참 어려운 일이다. 늘 복창하고 마음에 새겨두지 않으면 점잔 빼다 기회를 놓치기 일쑤다. 이처럼 프로가 된다는 것은, 제도로 규율되지 않는 삶을 꾸려야 하는 프리랜서가 프로로 활동한다는 것은, 어떤 태도나 규칙을 내면화한 다음 외부 환경에 굴하지 않고 그 태도를 안정적으로 발휘해내는 일이기도 하다.

여기까지가 일반론이다. 프로는 좋은 것이고 아마추어는 어딘가 부족하다는 이야기. 그런데 세상에는 프로가 부러워하는 아마추어라는 것도 있다.

이 이야기를 할 때 내 머릿속에 떠오르는 두 사람이 있다. '조미니'와 '클라우제비츠'라는 옛날 유럽 사람들로, 이 둘은 유럽의 근대 군사전략을 체계화한 인물이다. 요즘이야 『전쟁론』을 남긴 클라우제비츠가 압도적으로 유명하지만, 같은 시대를 살았던 조미니 또한 빼놓을 수 없는 전략 이론가다. 내 석사 논문의 이론적 기초가 된 두 사람이기에 이 점에 대해서는 자신 있게 말할 수 있다. 그리고 사실 당대에는 조미니가 훨씬 중요한 인물이었다.

앙투안-앙리 조미니는 스위스의 은행가 집안에서 자랐다. 나폴레옹이 위대한 재능을 발휘하기 시작하자 혁명에 가담해 그의 군대에 들어간 조미니는, 곧 나폴레옹의 전략에 지대한 공헌을 하게 된다. 역사에 그렇게 기록되어 있다. 그런데 사실 이 기록은 의심의 여지가 많다고 한다. 동시대 사람들이 다 죽은 뒤, 가장 늦게까지 살아남은 조미니가 스스로 남긴 기록인 탓이다. 사실 조미니는 나폴레옹으로부터 크게 인정받지는 못한 것으로 알려져 있다. 급기야 전쟁 말기에는 러시아군에 가담해서 나폴레옹 군대를 몰아내는 데 일조하기까지 했다.

카를 폰 클라우제비츠 또한 같은 시대 사람이다. 게르하르트 폰 샤른호르스트라는 프로이센 군사 개혁가의 눈에 띄어 일찍이 성공 가도를 달리던 와중에 나폴레옹에게 나라가 망하면서, 클라우제비츠도 결국에는 러시아군 군복을 입고 참전해 나폴레옹을 쓰러뜨리는 쪽에 서게 된다. 그러나 그러한 이유로 왕의 미움을 사게 되고, 사관학교 교장으로 좌천되어 10년여를 보낸다. 이게 좌천이라니 이상한 일이지만, 아무튼 거기에서 쓴 원고가 『전쟁론』이다. 사실 이 원고는 완결조차 되지 못했다. 전쟁에 참전한 클라우제비츠가 전염병으로 급사해버린 탓이다. 아내가 그의 원고를 모아 책으로 출간한 것이 바로

『전쟁론』인데, 이 책은 세상에서 제일 유명한 전쟁 이론서가 되었다.

두 사람이 다룬 주제는 근본적으로 똑같다. 희대의 천재 나폴레옹이 도대체 무슨 마법을 부렸는지 해설하는 일이다. 먼저 조미니는 프랑스식 계몽주의의 토양 위에 서 있는 사람이다. 부대가 어떤 방식으로 움직이는 것이 효율적인지를 기하학을 통해 규명하는데, '작전선'이라는 개념이 유명하다. 나폴레옹을 기동의 관점에서 이해한 것이다. 그의 주요 저서인 『전쟁술』을 상세히 소개하기에는 적절치 않으니, 다나카 요시키의 『은하영웅전설』에 등장하는 각개격파 개념이 조미니의 '내선 작전선'으로 설명된다는 정도만 언급해두자.

한편 클라우제비츠는 독일식 낭만주의가 묻어나는 인물이다. 전쟁 중에 별안간 사랑에 빠지라는 이야기는 아니고, 기하학이니 기동이니 하는 싸움 이전의 상황보다 현장에서의 상황이나 심리가 더 중요하다는 관점이다. 싸움꾼 나폴레옹에 대한 독일식 해석인 셈이다. ("전쟁은 다른 수단으로 행하는 정치의 연장"이라는 말은, 초반 어느 챕터의 소결론일 뿐이니 너무 집착하지는 말자.)

이 주제만 나오면 신나서 길게 쓰게 되는데, 아무튼 본론으로 돌아가서 프로가 부러워하는 아마추어란 클라우제비츠 같은 사람이다. 여기서 아마추어란 실력이 모자란다는 의미가 아니다. 프로의 치열함을 겪었는지의 차이다. 직업 저술가의 자세 같은 것은 고민해본 적도 없고 단 한 권의 책을 유작으로 남겼을 뿐이지만(대신 두껍다), 그 책으로 인해 영원히 최고로 기억되는 사람. 정말 짜증 나는 일이 아닐 수 없다. 반면 조미니는 평생 전략에 관한 글을 써댄 사람이다. 말하자면 프로 저술가다. 전략가로서의 평판이 보장되어 있지 않고, 저술을 통해 스스로를 끊임없이 증명해내야 했던 사람. 동시대에 더 유명한 쪽이 조미니였다는 말은, 조미니가 그 업계를 지탱하고 있었다는 뜻으로 읽히기도 한다. 엄청 장수하기는 했지만, 아무튼 그는 생전에 성공을 거두었다. 그리고 그만큼 치열하게 썼을 것이다.

둘 중 승자는 누구일까. 저작물로 따지면 단연 클라우제비츠다. 더 따질 것도 없는 진리다. 대신 조미니는 오래 살아남아서 회고록을 남겼다. 나폴레옹보다도, 나폴레옹 휘하의 장군들보다도, 무엇보다 클라우제비츠보다 더 오래. 역사의 진정한 승자는 남들보다 오래 살아남아서 회고록을 쓴 사람인 법이지만, 바로 그 사실 때문에 조미니의 기록은 지금도 의심받는다. 기억을 조작하고 자신의 업적을 미화했으리라는 합리적 의심이다.

그러나 사실 이것은 합리성의 문제가 아니라 감정의 문제다. 고고하게 살다 간 아마추어는 별로 생각해보지 않았을 법한, 치열하고 치졸한 프로의 내면. 의심받는 쪽은 늘 조미니고, 그래서 나는 클라우제비츠보다 조미니에게 감정이 이입되곤 한다. 스타가 된 죽은 라이벌의 책을 읽으면서 조미니는 무슨 생각을 했을까 하는 마음에서다. 물론 애초에 이 이야기의 진실은 중요하지 않다. 익숙한 감정 때문에 자꾸만 떠오르는 이야기가 되었을 뿐이다. 치열한 프로와 고고한 아마추어, 그리고 거기에 얽혀 있었을 감정.

저술업이란 늘 성공한 사람과 그렇지 않은 사람이 존재하는 게임이고, 대부분의 참여자는 결코 짧지 않은 시간 동안 아직 성공하지 못한 자신의 삶을 받아들여야 한다. 어떤 모토가 되었든 태도를 분명히 하지 못한 창작자는 시간의 시험을 견뎌내는 동안 내면이 먼저 망가져버릴지도 모른다.

타인의 성공은 누구에게나 따끔하다. 늘 상상했던 성공한 사람의 자리가 내 자리가 아니라는 깨달음은 누구에게나 아플 수 있다. 그런데 그게 전부도 아니다. 존경받는 저술가에게는 고고한 아마추어라는 높은 산이 있다. 아마 산이 그것 하나만은 아닐 것이다. 갑자기 소설을

146

써낸 연예인의 책이 내 책보다 훨씬 잘 팔리는 일이나, 모두의 관심을 받으며 나타난 신인이 내가 가졌던 찬사를 모조리 긁어가는 일처럼. 일확천금을 꿈꾸는 일의 이면에는 이렇게 많은 그림자가 드리워 있다. 그 감정들은 대체로 검다. 내 머리 위에서 스포트라이트가 탁 켜져야만 비로소 지워지는 감정들이어서 그렇다.

그 치졸한 감정들 사이에서도 평소에 갈고닦은 신념을 안정적으로 분출해내는 태도, 그것이 프로의 모토다. 내용은 좀 웃겨도 상관없다. 당신이 그 좌우명대로 해낼 수만 있다면.

스타가 된 죽은 라이벌의 책을 읽는 시간을 조미니는 그럭저럭 잘 견뎠을 것이다. 어쨌거나 그는 프로 저술가였을 테니까. 물론 정답은 모른다. 그냥 상상일 뿐이다.

성실하게 사는 일은 가계와 심리 상태를 안정시키는 데 도움이 된다. 남들이 뭐라고 하든, 연습을 꾸준히 하고 글이 계속 잘 써지면 근육처럼 올라오는 자존감을 보게 될 수도 있다. 그래도 남의 성공은 힘들지만, 곰곰이 생각해보면 알 수 있다. 누군가가 잘되면 나 역시 잘될 것이다. 직관과는 너무 다르지만, 우리는 결국 대체재가 아니니까.

특히 친한 동료가 성공하는 모습을 보면, 되도록 짧게 절망한 다음 묻어갈 방법을 재빨리 모색하자. 옹색하게 들리겠지만, 먼 길을 함께 가는 사이란 그런 것이다. 그가 낸 길을 수월하게 따라간 다음, 내가 앞서는 날이 오면 그를 위해 길을 내는 것.

조미니와 클리우제비츠를 함께 공부해보면 알 수 있다. 조미니는 클라우제비츠를 이해하기 위한 기준점이 되고, 클라우제비츠는 조미니를 읽는 눈금이 되어 있다는 사실을. 물론 나폴레옹은 그 위에서 비웃고 있겠지만, 그래도 조금은 감동적이지 않은가.

친한 동료가 성공하는 모습을 보면,
되도록 짧게 절망한 다음 묻어갈 방법을 재빨리 모색하자.
옹색하게 들리겠지만,
먼 길을 함께 가는 사이란 그런 것이다.

프리랜서 유목민

프리랜서는 생각만큼 자유롭지 않다. 물론 약속 날짜를 정할 때는 좋다. 원고 마감이 있거나 딱 그 시간에 선약이 있는 것만 아니면, 어느 날짜로 정해지든 대강 조정이 가능하다. 다만 "조정이 가능하다"라는 표현은 한가하다는 의미가 아니다. 그 시간에 할 일을 다른 시간에 할 수 있다는 말일 뿐이다.

그래도 프리랜서는 왠지 자유로울 것만 같다. 소속이 정해져 있지 않고 어느 영주의 깃발 아래에서든 '랜스 lance'를 들고 설 수 있을 것처럼 들리니까. 마찬가지로 프리랜서는 왠지 유목민일 것만 같다. 실제로 그런 측면이 있기도 하다. 그런데 유목민처럼 보인다는 것은 구체적으로 뭐가 어떻다는 말일까?

　문학이나 인문학 분야에서 '유목'이라는 주제가 튀어나오면, 프랑스 학자들의 노마디즘nomadism이 맨 먼저 호출되는 경우가 종종 있다. 지극히 개인적인 견해지만, 이것은 좀 안타까운 상황이다. 학문적으로야 나름대로 맥락과 의미가 있겠지만, 그 사상이 정말로 유목과 관련이 있는지는 의문이다. 유럽식 노마디즘에는 뿌리 식물 이야기가 나온다. 아마도 '뿌리 하나에 식물 개체 하나' 하는 방식으로 구분되지 않는 존재, 즉 겉보기에는 따로따로 떨어져 있는 개체인 것 같지만 땅속에서는 서로 복잡하게 얽혀 있는 존재에 대한 비유일 것이다. 의미 있는 통찰이지만, 문제는 뿌리 식물이 유목과 무슨 관련이 있는가 하는 것이다. 땅에 뿌리를 내리지 않는 것이 유목의 본질 아닌가.

　그래서 내 접근 방식은 유목의 군사학적 측면에 집중하는 것이었다. 이런 주제에 대해 굳이 접근 방식이 필요했던 이유는 물론 소설을 쓰기 위해서였다. 내 첫 장편소설인 『신의 궤도』는 '나니예'라는 개척 행성에서 벌어지는 정주민과 유목민의 전쟁 이야기다. 원래부터 행성의 관리자로 정해져 있던 사람들이 지배하는 북반구 제국과, 어쩌다 보니 남반구 전체를 장악하게 된 비행기 유목민들의 충돌. 영토 전쟁 이야기 같지만 이 싸움은 세상을 이해하는 전혀 다른 눈, 혹은 다른 삶의 규칙을 가진 사람들 간의 싸움이다.

농사를 짓고 도시를 이루며 사는 정주민들의 군사전략은 이미 잘 정리되어 있다. 사실 우리가 접하는 전술 전략은 대부분 정주민들의 유산이다. 여러 이론가들이 있겠지만, 현상을 단순화해서 원리를 도출하는 작업에 치중했던 조미니 스타일로 설명해보자.

일단 '거점'이 있다. 부가 축적되어 있는 곳이고 궁극적으로 지켜내야 할 목표이기도 하다. 그리고 '부대'가 있다. 이 부대가 위치한 지점이 '진영'이다. 어떤 지점에 어떻게 서 있는지를 가리키는데, 영어로는 포지션이고 문맥에 따라 입장으로 번역되기도 한다. 거점과 부대 사이를 잇는 가상의 선이 바로 '보급로'다. 거점의 부가 부대로 흘러가는 통로인데, 수많은 전쟁 이야기에서 작가들은 이 선을 끊는 것이 중요하다고 강조한다. 보급로가 끊기면 병사들이 굶게 되고, 그러면 사기가 저하된다는 논리다. 그런데 실제 상황은 조금 다르다. 인류 역사에서 자기 식량을 싸 들고 다니는 군대가 나타난 것은 비교적 최근의 일이다. 근대 이전의 군대는 현지 마을을 점령하고 식량을 약탈하는 방식으로 문제를 해결했다. 보급로가 끊기든 말든 그 길을 통해 식량이 오는 경우는 드물었다는 말이다.

그래도 이 선은 여전히 중요한데, 위험에 처한 부대가 안전하게 퇴각하는 경로 역할을 하기 때문이다. 전선에 나가 있는 부대는 여러 차례의 싸움을 한다. 어떤 때는 이기고 어떤 때는 지는 싸움이다. 안전하게 퇴각할 공간이 있는 부대는 결정적인 패배를 당하지 않는다. 다음에 또 싸우면 되기 때문이다. 하지만 퇴로가 끊긴 부대는 그럴 수 없다. 물론 싸움에서 계속 이기면 문제 될 것이 없지만, 대신 앞으로 이어질 여러 차례의 싸움에서 한 번이라도 지면 안 된다. 그것이 바로 퇴로를 사수해야 하는 이유다. 보급로와 퇴각로를 겸하는 이 선은 군사학 책에서 '연락선' 혹은 '병참선'이라고 불린다.

요약하면, 정주민의 전략은 지도상의 한 지점에 뿌리를 내리고 있는 '거점'과 현재 내가 진출해 있는 위치인 '진영' 사이의 관계다. 상대에게도 똑같이 거점과 현재 위치라는 게 있을 테니, 내 병참선을 지키면서 상대의 병참선을 끊는 것이 전략의 목표가 된다.

그런데 유목민의 전략에는 거점 개념이 없다. 그러다 보니 약점인 병참선도 처음부터 존재하지 않는다. 여기서부터 정주민 군대의 헛발질이 시작된다. 이와 관련한 재미있는 에피소드가 있다. 페르시아의 다리우스 황제가 어느 날 유목민인 스키타이족을 정벌하기 위해 아나톨리아 반도로 원정을 나갔다. 대병력이 출동했지만 이 전쟁은 결말이 없다. 페르시아군이 스키타이족 군대를 발견하지 못해서 아무 일도 일어나지 않았기 때문이다. 중국에서도 농경 민족들은 이와 비슷한 일을 겪었던 것으로 보인다. "약탈을 일삼는" 유목 민족을 정벌하기 위해 어느 황제가 백만 대군을 이끌고 원정길에 나섰다는 이야기. 광대한 영토를 수복했다는 기록이 남아 있기도 하지만, 유목민은 좀처럼 정복되지 않는다. 한자로만 남아 있는 역사 기록과 달리, 양쪽 군대는 아예 마주치지 않았을 가능성도 있다.

이것이 유목 전략의 희한한 장점이다. 인터넷의 익명성을 연상시키는 특징이기도 하다. 실명제와 익명성의 공방은, 이름 없는 존재들의 현실적인 근거지인 몸에 관한 정보를 콕 집어 말할 수 있는가에 달려 있다. 개인의 신상을 공개해버리는 것이 보복이 되는 이유다. 전통적인 정주민 전략에 따르면, 주소지를 찾아가 문을 두드리면 상대의 얼굴을 볼 수 있어야 한다. 그런데 익명의 인간은 얼굴을 볼 수도 없고 다음 단계의 대응을 할 방법도 없다.

유목민도 물론 집은 있다. 다만 집을 싸 들고 다닐 뿐이다. 이론상 순수 유목민을 가정했을 때의 이야기지만, 아무튼 원리는 그렇다. 실제 역사에서도 유목민 군대의 후방에는 부족의 나머지 구성원들이 가축들과 함께 머무르고 있었다고 한다. 유목민의 경우에도 집을 찾으면 사람을 찾을 가능성이 높지만, 집이 어디 있는지 알 수가 없다. 거점이 지도 위 특정 지점에 고정되지 않는 비결이다.

그렇다면 사람들은 이 좋은 것을 왜 안 하는 걸까? 이 부분이 핵심이다. 거점이 따로 없는 이유는, 유목민들이 부가 축적되어 있는 지점에 집착하지 않기 때문이다. 그런데 이 말을 곱씹어볼 필요가 있다. 이들에게 자원은 부의 원천인 거점으로부터 병참선을 따라 흘러나오는 것이 아니다. 이들을 먹여 살리는 것은 초원 어디에나 널려 있는 보잘것없는 에너지원인 풀이다. 어디에나 있어서 아무 데도 매여 있을 필요가 없지만, 그 자원은 빈약하기 그지없다. 바꿔 말하면 너무나 보잘것없는 자원이기 때문에 그 정도는 어디에나 널려 있는 셈이다.

예술가가 유목민의 전략을 따를 것인가 말 것인가는, 결국 이 상황을 어떻게 받아들일 것인가에 달려 있다. 빈곤하지만 자유로운 삶. 그래서 어떤 칸khan은 중국의 사악한 물질문명에 영혼을 뺏기지 말고 조상들의 비옥한 초지에서 진짜 행복을 찾자고 부르짖었지만, 무리를 이끌고 초원으로 탈출하는 데 성공한 다른 칸은 정주민 시절의 화려한 삶을 잊지 못해 시름시름 앓았다.

뭐 그렇게 대단한 부와 명예가 쌓여 있다고 거점씩이나 운운하나 싶겠지만, 점점 작아지는 지금의 문학계에도 '잘 데뷔하는 법'은 널리 알려져 있다. 지면은 어느 작가에게나 소중하다. 그러나 모든 작가에게 배분될 만큼 충분치는 않으며, 업계 관계자와 독자가 관심을 갖고 지켜보는 지면은 더 적다. 기회가 하나 생기면 그보다 훨씬 많은 창작자가 꿈을 품게 되므로 지면은 언제나 부족하기 마련이다. 문학계뿐 아니라 다른 예술 분야나, 혹은 예술이 아닌 분야에서도 마찬가지일 것이다. 그런데 정주민의 전략은 나쁜 것인가?

'노마드'가 일반적으로 좋은 의미로 받아들여지는 것처럼, '영리하게 데뷔하는 일'은 부정적으로 비칠 수 있다. 하지만 창작자에게 다른 창작자와 작품이 많이 모여 있는 곳을 거점으로 삼는 선택은 자연스러운 것이다. 거점은 돈과 명예가 쌓여 있는 곳이기도 하지만, 아름다운 것들이 잔뜩 모여 있는 지점이기도 하다. 유목민의 눈으로 봤을 때 정주민의 물질문명은 사악해 보였을 수도 있다. 하지만 다른 누군가의 눈에는 정주민의 문명이 진심으로 훌륭하게 비쳤을 것이다. 좋은 것을 알아보는 눈은 좋은 것들이 많이 있는 곳에서 길러진다.

문제는 거점 또한 지도상에 찍혀 있는 특정한 지점이라는 사실이다. "○○○ 예술 단체는 무엇을 아름답다고 규정하고 있는가?" 이런 판단은 기대와 달리 중립적이지 않은 경우가 많다. 이를테면 이런 것이다. 작품을 오로지 인물 중심으로 평가하고 그 안에 담긴 세계를 덤으로 간주하는 어떤 문학계나, 천문학이나 물리학을 바탕으로 한 상상력을 더 가치 있는 것으로 보고 사회학적 혹은 인문학적인 사고실험은 가벼운 시도로 취급하는 어떤 SF 모임 등등. 이 또한 반드시 누군가의 잘못은 아니다. 관점이란 원래 구체적이기 마련이고 예술가의 경우에도 마찬가지다.

이런 식의 특수한 입장이 거점을 이루고 그 주위에 사람과 작품이 잔뜩 모여 있는 상황을 가정해보자. 여기에 동의하지 않는 작가는 어떤 선택을 할 수 있을까? 예를 들어, 사회과학적인 상상을 바탕으로 세계의 변화를 이야기하는 것이 목표인 작가라면?

이런 경우 정주민이 되어 적당한 거리까지 거점에 다가가거나, 아니면 자기 글이 지향하는 지점에 그대로 머무르며 유목민이 되는 방법이 있을 것이다. 그런데 거점으로부터의 거리가 너무 멀어지면 거점과 나 사이의 거리, 즉 병참선의 거리도 따라서 멀어진다. 퇴로가 끊길 위험이 커진다는 의미다. 그러니 되도록 거점에 가까이 붙어야 한다. 그러려면 그 거점이 지니고 있는 특수한 입장에 스스로를 적응시켜야 한다. 물론 이것은 간단한 문제가 아니다. 뜻을 접다니, 그럴 바에야 거점이니 병참선이니 하는 것 자체를 치워버리고 유목민이 되는 편이 낫지 않을까?

결국 이것은 창작자 개인이 선택할 문제다. 결과를 책임질 사람도 아마 자신밖에 없을 테니까. 관건은 이름에 이끌려 괜히 쓸데없이 유목민이 되지 않는 것이다. 별로 중립적이지 않은 충고지만, 이 문제에 관해서는 이렇게 충고하는 것이 중간에 가깝다고 믿는다.

유목은 빈곤하다. 유목민은 풀을 뜯어 먹고 산다. 풀을 뜯는 것은 어디까지나 사람이 아니라 가축이기는 하지만, 아무튼 유목 생활의 근간은 풀이다. 빈약하기에 그쯤은 어디에서나 구할 수 있는 사소한 가치들로부터 존재의 이유를 만들어내는 일이다. 여기에서 가치란 돈과 명예만을 말하는 것이 아니다. 작가가 작가로 살아가기 위해서는 평가가 필요하고 독자와의 상호작용이 절실하다. 그 모든 것들이 다음 글을 쓸 수 있는 계기를 이루는데, 이 계기를 충분히 모으지 못하는 프리랜서는 더 이상 직업을 유지하지 못한다.

한 가지 덧붙이자면, 사실 유목 전략이 어울리는 사람은 따로 있다. 똑같은 숙제를 받아도, 일단 도서관으로 달려가 관련 자료들을 모으는 것으로 일을 시작하는 사람이 있고, 문제에 대해 깊이 생각하느라 남들보다 늦게 도서관을 찾는 바람에 쓸모 있는 자료는 거의 손에 넣지 못하는 사람이 있다. 유목은 후자에 어울리는 전략이다. 이미 쌓여 있는 좋은 것들을 빨리 받아들여서 그 위에 좋은 것 하나를 더 보태는 일이 익숙한 사람은, 어쩌면 유목을 할 사람은 아닐지도 모른다. 거점에 대한 갈망을 버릴 수 없을 테니까.

유목을 해도 좋은 사람은, 이미 있는 것을 빨리 흡수하는 요령은 별로 없지만 자기 속도대로 천천히 고민해서 스스로 해법을 찾아내는 일이 몸에 익은 사람이다. 언뜻 보기에 이런 사람은 발전 속도가 느리다. 어떻게 도달해야 하는지 모두가 알고 있는 지점까지 이르는 데 남들보다 많은 시간이 소요되기 때문이다. 문제는 그다음이다. 스스로 해결 방법을 만들어온 사람의 진가는, 다음 단계로 나아가는 방법을 아무도 모르는 상황에 이르렀을 때 비로소 발휘된다. 평소에도 다른 것을 참고한 적이 별로 없으므로, 이런 사람은 늘 해왔던 것과 똑같이 느릿느릿한 걸음으로 한 발 더 전진해버린다. 모두가 멈춰 있는 지점이므로 그의 한 걸음은 이제 느려 보이지 않는다. 일이 아주 잘 풀렸을 때의 이야기지만, 유목 선략은 이런 유형의 성장을 꿈꿔본 사람에게나 어울리는 것이 아닐까.

연습 문제 삼아 이야기하자면, 사실 앞의 두 단락은 병참선이 지나치게 길어진 사족이다. 요새화된 본문으로 뒷받침되지 않는 주장이라는 뜻이다. 이런 말을 너무 길게 쓰면 퇴로를 차단당해 논파되기 딱 좋다. 이럴 때는 어서 거점으로 돌아가 병참선의 길이를 0으로 만드는 방법이 상책이다.

자, 이제 다시 맨 처음으로 돌아가보자. 이 글의 거점에 해당하는 질문이다. 프리랜서는 자유로울까? 정주민이라면 별로 그렇지 않다. 유목민이라면 비교적 자유로울 수 있다. 하지만 그 자유도 거저 생기는 것은 아니다. 그러므로 가능하면 회사에 다니도록 하자.

시솔트 캐러멜 악당

소설에 반드시 악역이 필요한 것은 아니다. 주인공이 하고자 하는 일을 방해하는 존재만 있으면 된다. 꼭 사람일 필요도 없다. 자연이 그 역할을 할 수도 있고, 우주로 그 범위를 확장해볼 수도 있다. 관습이나 제도는 인간을 좌절시키는 좋은 재료다.

다만 어떤 매체는 의인화된 악당을 선호한다. 연극이나 영화처럼 사람이 출연해 연기하는 예술 장르에서는 관습이나 제도에서 비롯된 악을 표현할 때 그 제도를 상징하는 인물을 보여주는 것을 기본으로 삼을 것이다. 예를 들어 독재가 지배하는 미래 사회를 표현할 때, 영화나 드라마가 택할 수 있는 가장 효과적인 방법은 독재자를 직접 등장시키는 것인지도 모른다.

이 전략은 우리의 상식과는 맞지 않는다. 이미 사람들은 독재가 독재자 한 사람의 문제는 아니라는 사실을 알고 있다. 현대사회의 문제는 다 그런 식이다. 심리학이 아니라 사회학이 필요한 문제들이다. 하지만 창작자들은 종종 문제를 의인화힐 필요가 있다는 점을 깨닫게 된다. 창작물을 소비하는 사람들이 의인화된 악을 더 편하게 받아들이기 때문이다.

예를 들어 『타워』의 홍보 문구 중 하나였던 "권력의 중심에 개가 있다"라는 문장은, 종종 "권력자가 개"라는 의미로 이해되곤 했다. 이것은 대중의 이해 방식이다. 내가 의도한 것은 '빈스토크'라는 사회의 권력이 워낙 이상하게 왜곡되어 있어서, 그 핵심에 특별히 선하고 악할 것도 없는 동물 배우가 들어가 있는 경우에도 권력자가 권력을 행사하는 것과 똑같이 작용하더라는 내용이었다. 분명 그렇게 읽은 독자도 많겠지만, 훨씬 많은 독자가 당시 시대상을 고려해서 "대통령이 개래. 작가가 미쳤나 봐" 하는 반응을 보인 것도 사실이다.

공부를 그만두고 나서 깨달은 사실인데, 이것은 독자의 잘못이 아니다. 그들은 사회학과 대학원생이 아니기 때문이다. 창작자는 늘 치열하게 싸우는 사람들이지만, 때로는 감상자의 자리에 편안하게 앉아 있기로 한 사람들을 배려해야 할 의무가 있다. 작가와 독자 사이를 가르는 그 선을 존중하는 일은 해가 갈수록 더 귀한 예의범절이 될 것이다.

아무튼 내 소설에는 악당 같은 악당은 잘 등장하지 않는 편이다. 일부러 피한다기보다 현대 소설의 추세가 그런 게 아닌가 싶다. 인물을 조금만 깊이 다루면, 진짜 나쁜 사람은 없다는 식의 교훈이 튀어나와 버리는 것이다. 물론 나는 세상을 그렇게 긍정적으로 바라보는 사람은 아니다. 사실 세상은 나쁜 놈 천지다. 직장인들의 세계에 수많은 악당이 존재하듯, 프리랜서의 세계도 마찬가지다.

하지만 소설의 서술자는 등장인물을 고르게 조명할 의무가 있다. 양쪽의 손을 공평하게 들어준다기보다 인물들의 이야기를 비중에 맞게 들려주는 일에 가깝지만, 문제는 소설 안에서 서술자가 차지하는 절대적인 지위다. 소설의 의미를 결정하는 최종 결정권자인 서술자가 조금 길게 이야기를 들려준 것만으로도 독자는 작가가 의도하지 않은 의미를 읽어내게 마련이다. 말하자면 눈치를 채버리는 것이다. 이만큼의 분량을 차지한 사람이라면 의미 없는 사람은 아닐 거라는 식의 눈치다. 영화를 볼 때, 높은 출연료를 받는 배우가 행인으로 등장했다면, 그 사람은 반드시 중요한 역할을 맡게 되리라는 기대를 하는 것과 마찬가지다.

내 소설에 등장하는 나쁜 놈들의 문제는 일을 너무 열심히 한다는 데 있다. 『첫숨』에서도 그랬고 『고고심령학자』에서도 그랬지만, 나는 인물들이 일하는 모습을 구체적으로 묘사한다. 나쁜 놈일 때 나쁜 놈이더라도 일단 일은 잘해줬으면 하는 바람 때문이다. 그래서 나는 주인공도, 반대쪽에 있는 사람들도 "~를 열심히 조사했다"라는 식으로 대충 넘어가게 놔두지 않는다. 나는 그들을 고생시킨다. 그들이 구체적으로 어떤 일을 했는지 자세히 묘사하느라 실제로 고생하는 사람은 나밖에 없지만, 나는 인물들을 고생시켰다는 사실에 뿌듯해한다.

그 결과 독자들은 이런 반응을 보인다. "작가님 소설에는 진짜 악역이 없어요." 일을 잘하는 사람은 악당이 아닌 것이다. 이 점은 물론 나도 동의하는 바다. 무능해야 악당이지, 유능하면 그게 악당인가.

그러던 어느 날 가까운 조언자 한 분이 소설에 원초적인 의미의 악역을 넣어보라는 충고를 한 적이 있다. 들어본 것 중 가장 설득력 있는 충고였으므로 나는 그 충고를 따르기로 했다. 설득의 근거는 대중이 좋아하니까 대놓고 나쁜 놈을 집어넣으라는 일반론이 아니었다. 작가인 내가 선호하는 재료가 아니어도, 그 재료로 인해 다른 재료들이나 작품 전체가 좋아질 수 있다면 넣어보는 게 어떻겠냐는 것이었다.

그 말을 들으며 나는 '시솔트 캐러멜 초콜릿'을 떠올렸다. 바다 소금을 뿌린 캐러멜 초콜릿으로, 단맛과 짠맛의 '조화'보다는 좀더 직접적이고 강렬한 맛의 배합이 특징이다. 특히 내 머릿속에는 뉴욕에 잠시 머무르던 시절 유행한 제품들이 남아 있는데, 미국인의 미각은 생각보다 균형이 맞지 않아 단것은 너무 달고 짠 것은 너무 짠 경향이 있다. 그래서인지 미국 시솔트 캐러멜 초콜릿에 들어간 소금은 살짝만 찍어 먹어도 저절로 인상이 찌푸려질 만큼 강렬한 짠맛이 난다. 사실 단맛도 비슷한 수준이지만, 그래도 단맛은 단맛이라 간신히 용서가 된다. 그런데 그 둘을 같이 먹으면(사실 소금은 좀 많이 떨어내야 했다), 전에 없던 조화가 만들어진다. 인정사정없이 원초적으로 짠맛이기에 비로소 가능한 균형이다.

앞으로 쓰게 될 소설에는 이런 맥락을 지닌 악역이 등장할 가능성이 크다. 혹시 2020년 이후에 발표된 내 소설을 읽다가 이런 인간을 만나게 된다면 '아, 얘가 바다 소금이구나' 하고 반갑게 맞아주기를 바란다.

이 조언을 받아들인 후 나는 악당에 대해 곰곰이 생각해보았다. 원초적인 악당이 뭔지 모르지는 않지만, 갑자기 그런 인물을 소설에 등장시키기는 쉽지 않다. 악당의 기능을 이해하게 됐다고 해서, 소설이나 다른 창작물이 악당들의 말에 지나치게 오래 귀 기울이는 일의 부작용이 해소되는 것은 아니기 때문이다. 악당들의 말을 꼭 들어줄 필요가 있는가? 우리 사회는 이미 악당들에게 자기 악행을 설명할 기회를 너무 많이 허용하고 있지는 않은가?

다른 한편으로 창작자로서 하게 되는 기술적인 고민도 있다. 악행이든 뭐든 등장인물이 그런 행동에 이르게 된 계기를 설명하지 않은 채로 내버려 둘 수는 없지 않은가? 작가가 일부러 악당에게 발언권을 주지 않았다고 해도 독자는 그 사실을 알 수가 없을 테니.

이 고민에 대한 결론은 아직 내려지지 않았다. 아마 악당이 등장하는 소설을 몇 편 더 써봐야 소설 안에서 통용되는 결론을 내릴 수 있을 것이다. 작가에게 소설은 사고실험의 도구다. 몇 편의 소설을 통해 만족스러운 시뮬레이션 결과가 나온다면, 그제야 만족하고 다른 연구로 넘어가는 가상의 실험실이다.

원초적인 악당은 일단 보류하고 다른 악당에 대한 연구를 시작했다. 이른바 사회학적인 악당이다.

정치학에는 '정책결정론'이라는 분야가 있다. 어떤 정책이 만들어질 때까지 무슨 일이 일어났는지를 연구하는 학문 분야다. 여기에는 흥미로운 설명 방식이 몇 가지 있다. 두 가지만 예로 들면, 합리적 행위자 모델과 관료정치 모델을 꼽을 수 있다. '합리적 행위자 모델'은 단일 행위자 모델이라고도 한다. 국가는 하나의 단일한 조직이고, 자신의 이익을 극대화하기 위해 가장 합리적인 선택을 하게 된다는 모델이다. '관료정치 모델'은 국가를 조직 이기주의에 빠져 있는 다양한 조직들의 모임으로 이해한다.

나는 공군에서 군 생활을 했다. 내가 있던 비행대는 딱 들어도 공군의 핵심 조직이다. 반면 수송대와 같은 부서들은 비행대를 지원하기 위해 만들어졌는데, 실제 일은 이렇게 돌아가지 않는다. 전쟁이 없는 군대에서 비행대와 수송대는 어떤 의미에서 대등한 조직이다. 서로 무언가를 주고받아야 일이 원활하게 돌아가는 상황이 되고 마는 것이다. 그런데 수송대는 비행대에 해줄 일이 많지만, 비행대는 수송대에 해줄 것이 없다. 수송대는 비행대에 교통수단을 제공해줄 수 있지만, 비행대가 수송대를 비행기로 실어 나를 수는 없는 노릇이니까. 그 결과 아쉬운 소리를 하는 쪽은 오히려 조직의 주 임무를 담당하는 비행대가 되어버린다. 현실 세계의 의사 결정은 이런 엉망진창인 상황을 거쳐서 일어난다. 이것 자체가 재미있는 SF 소재이기도 하다.

악당과 관련해서 흥미로운 점은, 창작물이 우리 편과 악당을 묘사하는 태도다. 보통 우리 편은 엉망진창인 상태, 즉 관료정치 모델과 비슷한 형태로 그려진다. 반면 지구 정복을 노리는 악당은 단일 행위자 모델로 묘사된다. 명령 체계가 일사불란하고, 목표를 정확히 파악하고 있으며, 목적을 달성하기 위해 최적의 수단을 합리적인 방식으로 활용하는 조직이다. 바꿔 말하면 우리 편은 무능하고 대체로 아무 비전도 없으며 각각의 구성원들이 사리사욕만을 추구하면서 하루하루를 낭비하는 반면, 상대편은 분명한 악의와 그것을 실천할 구체적인 계획을 지니고 있으며 효율적으로 의사소통하고 구성원 모두가 같은 목표를 향해 밤낮없이 매진한다.

그런데 사실 이것은 사람들이 실제 세계에서 우리 편과 상대편을 파악하는 방식이기도 하다. 사람들은 늘 충돌을 한다. 현대사회에서 충돌은 상수다. 다만 충돌한 뒤에 사람들은 고의가 아니었다는 것을 증명하려고 근거를 끌어모은다. 그 내용은 결국 우리 편이 아무것도 의도하지 않았다는 것이다. 혹시 의도했더라도 우리 편은 너무나 무능해서 그 의도를 실행에 옮길 수 없었을 것이며, 애초에 그 의도를 가진 사람과 나 사이에는 넘을 수 없는 강이 다섯 개쯤 있어서 그 사람과 나를 동일시하는 것은 오히려 나에 대한 공격이라는 논리 구조다. 상대편의 경우는 정반대여야 한다. 그들은 유능하다. 일사불란하고 빈틈이 없다. 한 명의 유능한 리더가 무시무시한 악의를 가지고 모든 사람을 조종하고 있으며, 조종당한 사람들도 사실은 악당과 이익을 공유하고 있다.

이것은 대단히 이상한 싸움이다. "너네가 더 유능해, 이 멍청한 놈들아!"로 점철된 이 싸움에서, 선과 악의 구분은 우리 편과 상대편을 구별한 결과로 파생되는 부수적인 윤리 의식이다.

아무튼 나는 쓰고 있던 소설의 바다 소금 악역으로, 대단히 유능하고 장기적인 안목을 지니고 있으며 결단력과 실행력을 두루 갖춘 이상적인 리더를 등용했다. 우리 편은 물론 제대로 하는 게 하나도 없는 엉망진창 관료 조직이다. 원초적 악당을 찾아낸 것은 아니지만, 우선 그 정도만 해도 악역의 느낌은 충분히 날 것이다.

"너네가 더 유능해, 이 멍청한 놈들아!"
이것은 대단히 이상한 싸움이다.
그런데 사실 이것은 사람들이 실제 세계에서
우리 편과 상대편을 파악하는 방식이기도 하다

물론 이 방침은 작가의 개인적인 견해와는 다소 차이가 있다. 모르긴 해도 유능한 사람들과 어울려 함께 일하는 것은, 인간이 살면서 겪을 수 있는 수많은 에피소드 중에서도 가장 보람 있는 경험에 속할 게 분명하다.

작가의 말

　　나는 작가와 편집자의 관계를 종종 소리꾼과 고수의
관계로 비유한다. 우선 이 둘은 파트너 관계다. 책 만드는
일 또한 의외로 협업이 필요한 과정이다. 각자의 영역에
서 좋은 평가를 받아온 두 사람이 만나면 좋은 결과물이
나올 가능성도 당연히 커지겠지만, 때로는 그런 것과 관
계없이 그냥 호흡이 잘 맞는 파트너가 나을 때도 있다. 어
쨌거나 이 일은 사람의 일이기 때문이다.

　　고수는 흥으로 소리꾼을 몰아붙이는 사람이다. 너
무너무 힘든 대목을 마친 소리꾼이 잠깐 쉬어가면 안 될
까 하고 망설이는 순간, 고수가 추임새와 북소리로 흥을
돋우며 달아오른 분위기를 계속 이어간다. 그러면 소리

꾼은 힘들어 죽을 것 같던 마음을 내려놓고 다음 대목으로 스르르 넘어가게 된다고 한다. 이는 작가와 편집자 사이에서도 일어나곤 하는 일이다. 책이 나오기까지의 과정은 판소리 공연보다 훨씬 길어서 저렇게 아름답지만은 않은 장면이 발생하는 경우가 더 많겠지만, 그래도 편집자와 작가가 홍을 주고받으며 호흡을 맞춰가면서 만들어낸 책에는 한마디로 콕 집어 말할 수 없는 특별한 느낌이 담기게 마련이다.

그럴 때 편집자는 작가가 책에 많은 것들을 쏟아붓게 만든다. 작가가 미처 엄두를 내지 못했으나 충분히 할 수 있는 일을 제안하고, 최선의 결과가 나오도록 함께 고민한다. 작품이 도달할 수 있는 상한선은 결국 작가의 역량에 달려 있을지 모르지만, 어떤 이상한 실험을 하더라도 작품이 어느 선 이하로 무너지지 않는다는 확신이 있다면 작가의 역량이 발휘될 가능성은 더 높아질 것이다. 이것은 오로지 좋은 편집자가 품질의 최저선을 보장해주기 때문에 가능한 일이다.

"숨 가쁜" 협업은 이런 식으로 이어진다. 작가와 편집자, 두 사람 모두에게 평소보다 더 많은 수고를 요구하는 일이다. 그리하여 마침내 작가가 작품에 모든 것을 쏟아붓고 이제 더는 할 말이 남아 있지 않다는 확신이 들 때쯤, 편집자에게서 마지막 요청이 들어온다.

"이제 '작가의 말' 쓰셔야죠."

나는 원래부터 글쓰기를 좋아하는 사람이다. 웬만한 글은 부담 갖지 않고 쓰는 편이지만, '작가의 말'만은 마음 편히 쓰는 경우가 드물다.

이유는 여러 가지다. 일단 앞서 말한 것처럼, 책 한 권을 다 끝내고 나면 하고 싶은 말이 딱히 없다. 다음 이유도 꽤 중요한데, '작가의 말'은 너무 잘 써도 안 되고 너무 못 써도 안 되는 장르다. 세상에는 작품을 깎아내리기 위해 "책 전체에서「작가의 말」이 제일 재미있었다"라는 평을 남기는 사람도 있다. 누군가가 혹평을 남기는 것은 이상한 일이 아니지만, 저런 표현을 보면 책의 저자가 아닌 사람도 분노할 수 있다는 사실은 알았으면 좋겠다. 아무튼 저런 혹평을 목격한 작가는 '작가의 말'을 잘 써서는 안 된다는 생각을 하게 된다. 단순히 욕을 먹지 않기 위해서가 아니라, '작가의 말'이 작품을 앞서는 상황이 욕으로 쓰일 만큼 비정상적인 상태라는 것을 깨닫게 되기 때문이다.

'작가의 말'을 쓰기 어려운 세번째 이유도 이와 관련이 있다. 왜 '작가의 말'은 작품보다 좋아서는 안 되는가.

이 질문에 대답하기 위해 너무 애쓰지는 말자. 이런 질문은 이른바 근대적인 질문의 형식에 해당한다. "사과는 왜 떨어질까?" "사람들은 왜 착한 일을 할까?" 식의. 유용한 질문 방식이지만 세상 모든 문제의 열쇠는 아니다. 대신 이 질문에 깔린 암묵적인 전제 하나를 찾아내는 것이 더 유용할지도 모른다. 즉, '작가의 말'과 '작품의 말'은 다른 종류의 말이라는 사실이다.

앞에서도 이야기한 바 있지만, 세상에는 재미있는 이야기를 지닌 사람들이 많다. 천문학자들이 산꼭대기 천문대에서 생활하면서 겪은 이야기를 그들의 연구 주제와 함께 듣고 있으면, 진짜 SF는 이런 데서 나와야 하는 것이 아닐까 숙연한 생각마저 들곤 한다. 별자리 이야기나 천문대 주위에서 피는 야생화 이야기, 천문대 식구가 된 강아지나 국립공원관리공단 사람들과의 일화, 외국 천문대에 묵으면서 먹었던 음식에 관한 에피소드까지, 천문대는 그런 재미있는 이야기들로 가득 찬 곳이다. 여러 과학 분야 중에서도, 특히 천문학처럼 큰돈을 벌기 힘든 분야에서는 대중을 상대하는 일에 능한 학자가 많다. 기가 막히게 재미있는 강연을 하거나 맛깔스러운 대중 과학서를 써내는 사람이 이미 드물지 않은 것이다. 그런데 이런 사람들에게조차도 그 재미있는 이야기를 소설로 써내는 일은 생각처럼 쉽지 않다. 말의 종류가 다르기 때문이다.

소설의 말은 어떤 말일까? '근대소설의 말'이라는 것이 있다. 한국 기준으로는 이광수 이후, 그러니까 100년쯤 전에 개발된 말이다. 내가 젊은 시절 학자를 꿈꿨던 외교학과라는 곳에는 학과 이름과는 전혀 어울리지 않게 한국 근대소설을 쭉 읽는 대학원 수업이 있었다. 강의 제목은 '한국현대국제정치사상사' 같은 것이었을 텐데, 내용은 결국 문학 수업이다. 그 세미나를 진행하신 선생님에 따르면, 이광수는 근대 한국어를 만든 사람이라고 한다. 신소설이나 판소리의 말과는 어딘지 많이 다르고 지금 우리가 아는 문어체와는 상당히 유사한 어떤 말이 이광수 이후 몇십 년에 걸쳐 완성되어가는데, 그 말이 바로 현대 한국어의 문어체라는 것이다.

그리고 문학을 통해 근대의 말이 새로 만들어지는 현상은 많은 언어권에서 꽤 보편적으로 일어난 일이다. 서세동점西勢東漸 시기에 서양 문명이 들어오면서 중국도 문체의 변화를 겪고, 인도에서도 근대식 소설과 산문의 창시자들이 나타나기 시작한다. 일본도 마찬가지인데, 한국 근대소설 작가 중에는 일본에서 공부한 사람이 대단히 많았다는 사실을 떠올려보기 바란다. '그' '그녀' 같은 대명사를 새로 개발하고, 과거 시제로 이야기를 서술하며, 판소리와는 다르게 소설가나 일인칭 주인공과 분리되는 객관적 화자를 도입하는 것 등이 이 말의 특징에 해당할 것이다.

물론 현대 한국어 사용자들이 이런 요소들을 의식하고 글을 쓸 필요는 없다. 소설가도 마찬가지다. 이 말은 그저 '소설의 말'이라는 막연한 느낌으로 분류되고 저장되어 있을 뿐이다. 그런데 어떤 사람들은 좀처럼 이 말을 능숙하게 구사하지 못한다. 개인적인 관찰이어서 학술적인 근거를 댈 수는 없지만, 나는 재미있는 이야기를 지닌 사람들이 다행히도 좋은 소설을 써내지 못하는 결정적인 이유 중 하나가 이것이라고 믿는다. 거의 소설에 가까운 산문을 쓰는 작가인데도 끝내 이 선 하나를 넘지 못해 소설을 써내지 못하는 경우를 적지 않게 보아온 탓이다.

이것은 일종의 연기력 문제다. 서술자는 두번째 인격 같은 것이다. 작가는 지면 위에서 그 두번째 인격체의 말투로 말을 해야 한다. 연극배우가 번역 투로 말하고, 소리꾼이 무대 위에서 애드리브를 할 때 왠지 전라도 방언으로 말하는 것과 비슷한 일이다.

나의 두번째 인격인 내 소설의 서술자는 사실 나보다 훌륭한 사람이다. 오래전 일이지만, 소설을 쓰기 전의 나는 비관적이고 염세적이고 빨리 지치는 사람이었던 것으로 기억한다. 오랫동안 글을 쓰지 않으면 나는 지금이라도 금방 이렇게 변할 수 있다. 반면 내 소설을 끌고 가는 목소리의 주인공은 낙천적이고 자신감에 차 있고 인간을 사랑하며 심지어 유머 감각까지 지니고 있다. 내 소설에 대한 독자들의 평 중에는 "인간을 바라보는 따뜻한 시선을 잃지 않는다"라는 의견이 많은데, 이것은 내 시선이 아니라 내 서술자의 시선이다. 다만 소설을 쓰기 위해 내가 내 서술자의 탈을 쓰고 있는 시간이 짧지 않으므로 서술자의 인생관이 점점 내 인생관으로 번져가는 과정을 겪고 있을 따름이다.

그래서 나는 서술자보다 본인이 더 훌륭한 사람들이 소설을 쓰는 일을 의아하게 여긴다. 이를테면 연예인들이 소설을 쓰는 경우가 그렇다. 누구든 소설을 써내는 것은 훌륭한 일이지만, 그와 별개로 나는 연예인 소설가는 작품 활동을 오래 해나가기 어려울 것이라고 지레짐작한다. 그런 사람들의 경우, 적어도 첫 책을 내는 시점에는, 자기 서술자보다 작가 본인이 더 아름답거나 훌륭할 것이기 때문이다.

일상에서 경험하는 나보다 훨씬 훌륭한 내가 쓰는 글. 내가 '작가의 말'을 쓰기가 꺼려지는 이유 중 가장 중요한 것이 이것이다. 서술자가 몇 달간 공들여 쓴 소설은, 자연인인 작가 본인이 잠깐의 감흥으로 쥐어 짜낸 자기 글에 대한 감상문보다 몇 배는 훌륭하기 마련이다. 그래서 그 사람의 직업이 작가인 것이다.

그런데도 '작가의 말'은 보통 책의 맨 뒤에 들어간다. 문제집으로 치면 모범 답안이 들어가는 위치다. '작가의 말'은 소설 맨 뒤에 등장해서 소설을 이해하는 결정적인 열쇠 역할을 할 위험이 있는 부록이다.「작품 해설」도 비슷한 위치에 들어가지만, 적어도 작가 본인이 쓴 말은 아니므로 정답을 이야기하는 역할까지는 하지 못한다. 그런데 '작가의 말'은 누가 봐도 정답 같은 자리를 차지하고 있다. 작품에 대해 무슨 의미심장한 말이라도 했다가는, 작품에 대한 작가의 결정적인 해석으로 오해받기 딱 좋다. 이것은 월권이다. 나에 대한 나의 월권이다.

글에 대한 가장 결정적인 목소리는 누가 지니고 있어야 하는가? 서술자다. "그래서 결국 살인범은 누구인가?" 반전에 반전을 거듭하는 소설에서 이것을 확정할 수 있는 사람은 결국 서술자. 주인공인 탐정의 입에서 나온 말까지도 뒤집을 수 있는 최고 권위자인 셈이다. 단순히 범인을 알아내는 것을 넘어 삶과 세상에 대한 추상적인 메시지를 담아낸 소설에서라면 더 그럴 것이다. "결국 그 이야기는 무슨 의미였을까?" 이것을 확정할 수 있는 것도 서술자밖에 없다. 서술자라고 글의 의미를 일일이 말로 밝혀야만 하는 것은 아니고, 독자 스스로 답을 찾아낼 수 있도록 암시와 상징의 형태로 남겨두는 경우도 많겠지만, 혹시라도 서술자가 무슨 말을 남겼다면 이 말은 분명 결정적인 한마디일 것이다. 그렇게 해석되는 게 마땅하다.

반면 작품이 다 끝난 뒤, 일반인에 불과한 작가가 툭 던지고 지나간 한마디는 어떤가? 이 말은 아무 의미도 없어야 한다. 가능하면 책 뒤에 이런 말이 붙어 있지도 않아야 한다. 작가라는 인간이 직접 쓴 말이 책 어딘가에 반드시 부록으로 달려 있어야 한다면, 작품 뒤보다는 앞이 낫다. 그래야 결정적인 스포일러 없이, 작품 해석에 대한 모든 권위를 내려놓은 채, 애매한 이야기만 하게 될 테니까.

물론 많은 독자가, 그래도 '작가의 말' 같은 것이 붙어 있지 않으면 어쩐지 책이 미완성으로 끝난 것 같아 아쉽다는 의견을 피력한다. 작품이 감동적이었을 경우, 마치 커튼콜을 하듯 여운을 함께할 무언가가 필요하다는 말도 마찬가지로 설득력이 있다. 편집자 중에서도 '작가의 말'이 없으면 절대로 안 된다는 사람이 적지 않다. 그러므로 나는 앞으로도 계속 '작가의 말'을 써야 할 운명에서 벗어나지 못할 것이다.

시대가 벌써 21세기인데 인공지능이 '작가의 말' 정도는 대신 써줘야 하는 것 아닌가! 하지만 인공지능은 의외로 사람들이 꼭 필요로 하는 일을 해줄 생각은 없어 보이므로, 대략 2030년까지는 전통적인 방식을 고수하는 수밖에 없다. 그 이후에도 사정은 전혀 달라지지 않을 가능성이 높다.

최근 나의 '작가의 말' 스타일은 감상문이 아닌 설명문을 써버리는 것이다. 시간이 지나면 누구도 기억하지 못할 작품의 맥락이나 관련 자료를 기록하듯 덤덤하게 써두는 식이다. 너무 잘 써도 안 되고 그렇다고 너무 못 써도 안 되는 글이라면, 소설과 충돌하지 않는 방식으로 열심히 쓰는 수밖에 없다.

다른 방법은, '작가의 말'을 본문보다 먼저 써두는 것이다. 제목을 미리 지어두는 것과 비슷한 원리다. 글을 다 쓴 다음 제목을 지으려고 하면 좀처럼 글에 어울리는 제목이 떠오르지 않는데, 아무것도 없을 때 제목을 지어두면 본문 내용 때문에 제목을 짓지 못하는 어려움은 피할 수 있다. 그래서 가끔은 출간 예정일 4개월 전부터 '작가의 말'을 고민하곤 하는데, 그 무렵이면 본문 수정 작업도 덜 끝났을 시기이기는 하다.

　　그 외에 '작가의 말' 제도를 전면 폐지하겠다는 정치 세력을 후원하는 방법도 있겠지만 지구에는 아직 그런 세력이 없다. 그러니 별수 없이 작가도 말을 하는 수밖에. 독자들에게 당부하고 싶은 말이 있다면 이런 것이다. 부디 '작가의 말'을 보고 작품을 평가하지는 말아주기를. 다른 사람은 몰라도 내 책에서만큼은.

3부

세계를
조립합니다

천하삼분지계

    그렇다. 이것은 삼국지 이야기다. 하지만 알고 보면 또 세계에 관한 이야기다. 천하가 맨 앞에 나오는 제목이니까.

    2019년 6월 모스크바 고등경제대학교 한국학과에서 『춤추는 사신』번역 워크숍을 하면서 들었던 많은 질문 중 가장 난감했던 게 바로 천하에 관한 것이었다. '천하'와 '세계'와 '세상'은 어떻게 구별되나요? 러시아어에서는 구분이 안 되는데. 대답은 이렇다. 세계와 세상은 겹치는 부분이 많지만, 세계가 상대적으로 객관적인 부분을 가리킨다면 세상은 그보다 주관적인 영역을 포함한다. "세계에 대해서 알아보자"라고 말할 때와 "세상을 좀

더 알아보려고요"라고 말할 때의 차이를 생각해보면 좋을 것이다. 앞의 말은 지금부터 공부를 시작하자는 의미에 가깝고, 뒤의 말은 모험을 떠나는 상황에 어울린다. 해석을 거친 세계가 세상이고 세상의 객관적인 형태가 세계라고도 할 수 있는데, 앞에서도 말했듯 이 둘은 겹치는 부분이 많다.

천하는 중국과 그 근처에서 살던 사람들이 생각했던 주관적인 세계다. 세상이 다소 막연하게 주관적인 세계라면, 천하는 그보다 훨씬 체계적인 상상이다. 한자로는 하늘 아래(天下)라는 뜻이지만 하늘 아래가 전부 천하는 아니다. 지구본 위 경선과 위선으로 둘러싸인 네모를 기준으로 열 칸 남짓, 많아야 열다섯 칸 정도 되는 공간이다. 동양이고 서양이고 겨우 열 칸 정도를 차지했을 때 정복자들이 세계를 지배했다고 선언해버리는 것도 흥미로운 일이다.

물론 훨씬 작은 공간을 천하로 인식하는 경우도 많다. 한국 사극에서 "천하를 도모한다"라는 말은 중국까지 점령하겠다는 뜻이 아니다. 언젠가 오키나와를 여행하면서 흥미로웠던 점은, 이 작은 세계도 아주 오래전에는 세개의 나라로 나뉘어 있었다는 것이다. 『춤추는 사신』의 작은 천하가 셋으로 나뉘게 된 것도 사실은 여기에서 비롯된다. 천하와 세계와 세상은 이런 방식으로 구별할 수 있다. 적어도 내 소설 안에서는 이런 방식으로 나눠서 쓰고 있기 때문에, 나에게 질문한 러시아 학생들에게는 충분한 대답이 되었으리라 생각한다.

다시 제목으로 돌아가서, '천하삼분지계'는 제갈량이 면접시험에서 슬럼프에 빠진 군벌 유비에게 했다는 프레젠테이션의 제목이다. 어떤 그림일지 상상해보자. 제갈량은 경력이 일천하지만 추천서만큼은 기가 막히게 잘 받았다. 그래서 면접관이 직접 집으로 찾아오기까지 했는데, 두 번이나 면접관을 바람맞힌 제갈량은 세번째 면접에서도 지각을 해버린다. 다행히 CEO는 괜찮다고 하지만, 따라온 다른 면접관들은 화가 잔뜩 나 있다.

그리고 문제의 프레젠테이션이 시작된다. 그 프레젠테이션을 본 경험 많은 황족 군벌 유비는 제갈량을 전격 채용했을 뿐만 아니라 단번에 임원의 자리에 앉혀놓는다. 밤새도록 제갈량과 대화를 나누었다는 말도 있지만, 다른 이야기에서도 자주 등장하는 단골 소재이므로 일단 그것까지는 믿지 않기로 한다.

자, 문제의 프레젠테이션, 천하삼분지계를 읽어보자. 무슨 내용인가? 별 내용 아니다. 삼국정립三國鼎立. 여기에 나오는 '정'이라는 글자는 박물관에 가면 볼 수 있는 발이 셋 달린 솥이다. 세 개의 나라가 천하를 떠받들게 한다는 의미다. 감동적인가? 당신이 이미 온갖 산전수전을 다 겪고 간신히 목숨을 건진 채 먼 땅으로 피난 온 군벌이라면, 이 말을 듣고 운명을 바꿀 결심을 할 수 있겠는가?

그래서 유비가 대단한 것이다, 가 아니고 여기에서 나의 고민이 시작됐다. 일단 삼극 체제를 떠올려보자. 도탄에 빠진 백성들을 구하기 위해 세계를 삼극 체제로 분할하겠다는 계획은 말이 되는가? 안 된다. 삼극 체제는 전쟁이 끊이지 않는 체제다. 우리 삼국시대를 떠올려보면 쉽게 상상이 될 것이다. 한 나라가 강성해지면 나머지 두 나라가 연합해서 대응한다. 어쩌면 다른 두 나라가 연합해서 약한 나라를 칠 수도 있지만, 이 순간 고민이 생긴다. 연합한 두 나라의 국력이 같지 않기 때문이다. 둘만 남을 경우 약한 쪽이 불리해지기 마련이므로 한 나라를 치기 위한 두 나라의 연합은 목적이 달성되기 전에 깨지고 만다. 그리고 제일 강한 한 나라를 견제하기 위한 2위, 3위 국가의 연합이 새롭게 만들어진다.

국제정치학에서는 전략적 삼각관계라는 이름으로 정리되어 있는 이론인데, 꼭 이론을 들먹이지 않더라도 상황이 어떻게 돌아갈지를 예측하는 일은 어렵지 않다.

조지 오웰의 『1984』의 풍경에서도 떠올릴 수 있듯 세 나라는 동맹을 계속 교체해가며 장기간 전쟁을 이어갈 것이다. 즉, 백성들은 계속해서 도탄에 빠져 있는 상태를 벗어나지 못할 것이다. 그것은 국제정치학자나 당대의 모사가 아니어도 현실 정치에서 잔뼈가 굵은 정치인이라면 누구나 짐작할 수 있는 일이다. 유비가 고작 이 브리핑을 듣고 눈물을 흘리며 감탄했다니, 제갈량이 겨우 이 정도 전략을 믿고 면접관을 두 번이나 헛걸음하게 만들었다니, 믿을 수 있겠는가.

물론 우리가 읽은 것은 소설 아니면 희곡이므로 제갈량의 브리핑을 굳이 재구성해낼 의무는 없다. 하지만 이 부분에 이르면 김이 새버리는 것도 어쩔 수 없다. 그래서 연구를 시작했다. 제갈량이 무슨 말을 했기에 유비 같은 닳고 닳은 군벌이 간과 쓸개를 내주었을까.

어디에도 근거는 나와 있지 않지만, 내 해석은 제갈량이 천하를 셋으로 나누자고 한 게 아니라 천하 하나를 새로 만들자고 했다는 것이다.

원래 중국에는 두 개의 잠재적인 천하가 있다. 황하 일대의 세력과 양쯔강 일대의 세력이다. 첫번째 천하는 한 제국 황실이다. 조조는 사실상 그 세계의 지배자이면서도 끝내 스스로 황제가 되지 않는다. 대신 황제를 모시고 다닌다. 무능하고 아무 능력치도 없어서 게임 캐릭터로 만들면 전혀 존재감이 없을 황제를 조조가 열심히 떠받드는 이유는, 황제가 바로 세계의 상징이기 때문이다. 천자天子는 하늘의 아들이다. 이론상 천하 전부를 지배하는 유일한 인간이다. 명분밖에 없는 공허한 명제지만, 주관화된 세계인 세상에서는, 또한 그 세상을 정교하게 제도화한 천하에서는 뜻밖에 그 명분이 실리로 환산된다. 그 세계의 주민들이 그 규칙을 따르기 때문이다.

이것은 동양인들의 어리석은 놀이 같은 것이 아니다. 서양에서는 교황이 세계다. 중세 유럽 사람들이 종교 지도자인 교황을 굳이 붙들어두었던 것도 조조가 한 일과 같은 행동이다. 어차피 세계는 손에 쥘 수 없다. 대신 세계의 상징물은 잡아 가두거나 협박할 수 있다.

중국의 두번째 잠재적 천하는 양쯔강 일대에 있다. 북쪽이 유목민의 지배를 받으면, 중국인들은 남쪽에 도읍을 정하고 제국을 꾸렸다. 오나라가 차지한 공간이 바로 그곳이다. 오나라 사람들도 좀처럼 제국을 건설했노라고 선언하지는 않지만, 어쨌든 그곳은 제국이 들어설 가능성이 있는 땅이다.

그런데 유비에게는 천하를 세울 세계가 없다. 세계는 이미 다른 사람들의 차지다. 첫번째 천하를 빼앗으려

"남이 깔고 앉은 세계를 빼앗으려고 하지 말고
새로 하나 만들어서 지배하시면 되죠."

는 목표를 갖고 있지만, 실현 가능성이 점점 희박해지고 있다. 그때 경력도 시험 점수도 하나 없는 젊은이가 나타나 이런 말을 한다. "남이 깔고 앉은 세계를 빼앗으려고 하지 말고 새로 하나 만들어서 지배하시면 되죠."

제갈량의 브리핑이 기가 막힌 것은 바로 이 대목 때문이다. 차라리 세계를 만들지. 지도 밖에 있는 땅, 존재 자체는 알고 있지만 아직은 중국이 아니고 천하가 아니었던 곳으로 가서 새로운 세계 하나를 지어내자는 계획이다. 당돌하지 않은가. 이쯤은 돼야 듣는 사람도 테이블 쪽으로 슬그머니 당겨 앉으며 간과 쓸개의 위치를 손으로 더듬게 되지 않을까.

그렇다면 어떻게 세계를 만들 수 있을까? 그다음은 책에 나온 대로다. 일단은 오나라와 연합해 조조의 군세를 막아낸다. 그런 다음 소강기를 틈타 형주와 익주를 차지하고 자신만의 한 제국을 세운다. 며칠 밤낮 두 사람이 머리를 맞댔다면 이 세부 계획을 완성하기 위해서였을 것이다. 세계를 만든다는 것은 창조주가 되어 세상 만물을 하나하나 만들어낸다는 뜻이 아니라, 이미 존재하는 것들을 하나로 엮고 눈에 보이는 상징물을 내세워 세상이라는 관념을 만들어내는 일이다. SF 작가의 일과도 비슷한 면이 있는데, 두 사람의 세부 계획에는 이런 작업에 대한 비전도 포함되어 있었을 것이다.

물론 이런 스토리는 어디에도 나와 있지 않다. 하지만 나는 이 장면을 상상해낸 뒤에야 제갈량과 유비 사이에서 있었던 일을 속 시원히 납득할 수 있었다. 이런 상상을 끼워 넣지 않으면 유비가 제갈량에게 모든 권한을 내어주는 행동은, 그것이 연극의 대본이라는 점을 염두에 두더라도 너무 연극적인 행위가 된다. 소설에서는 더 말할 것도 없다.

이처럼 어떤 이야기는, 등장하는 인물을 상세히 분석하여 그 모든 것을 합산하는 방식만으로는 온전히 파악되지 않는다. 세계는 엄연히 존재하며 사람들의 삶에 단순한 배경 이상의 영향을 미친다. 세계가 어떻게 작동하는지에 대한 인식 자체가 사람들로부터 유래했기 때문이다.

혹시 세계가 사람들의 인식과는 동떨어져서 마음대로 움직이면 어떻게 될까? 세계는, 더 정확히 세상은, 사람들을 통해 이야기 속에서 발현될 것이기 때문에 그런 걱정을 미리 할 필요는 없다. 세상에 대한 인식 또한 세계를 구성하는 물질적인 요소들과 대등한 정도로 객관적이고 탄탄하기 때문인데, 자세한 이야기는 뒤(「2020년, 현재가 된 미래」)에서 다시 다룰 것이다. 혹시 세계가 정말

193

로 자기 마음대로 살아 움직이는 이야기를 보게 된다고 해도 그 또한 당황할 일은 아니다. 그저 가장 SF다운 이야기 하나를 알게 된 것뿐이니까.

결론이 들어갈 자리에 살아온 이야기를 짧게 덧붙이자면, 작가로서 나의 장기 전략은 이 글에서 소개한 버전의 천하삼분지계와 비슷하다. 데뷔하고 얼마 안 되어 누구에게 무슨 말을 들었는지, 나는 기존에 있던 시장을 잘라먹기보다는 새 시장을 만들어서 그곳에서 사랑받아야 한다고 생각했다. 누군가의 주술이 먹혀들어간 것이다!

비록 나에게는 제갈량이 없고 어디로 가야 세계 하나를 새로 만들 수 있는지 인도해줄 데이터도 없어서 조용히 책상 앞에 앉아 비육지탄이나 하고 있지만, 10년도 넘게 내 머릿속을 지배하고 있는 성장 전략은 다른 누군가의 시장을 빼앗는 일이 아니다. 괜한 의심을 거두어주기 바란다. 그 증거로 나는 새로 시작하는 기획의 첫 주자로 나서는 일이 많았다. 모험적인 제안이 들어오면 의무감이 발동하는 경우가 많았던 탓이다. 아쉽게도 그런 기획의 대부분은 사실 그렇게 새롭지는 않았던 것으로 드러났다. 애초에 시장조사 없이 새 시장을 개척하겠다는 전략은 슬로건 이상의 의미는 없었을 것이다. 그런 의미에서 제갈량은 새 시장이 어디에 있는지에 관한 데이터를 제공한 것만으로도 본부장으로 발탁될 자격이 있는 사람이었다.

갓 데뷔한 신인 작가에게 그런 이상한 주술을 건 사람이 누군지 궁금하지만, 나는 아직 나만의 천하삼분지계를 포기하지 않고 있다. 그때도 출판 시장이 작았던 것은 기정사실이었고, 그 뒤로 점점 더 작아진다는 소식만 들려오는 상황에서 다른 방법을 생각하기도 쉽지 않으니까.

그동안 내가 한국 독자들에게 들려준 이야기가 다른 사람들에게서는 듣기 힘들었던 신기하고 재미있는 이야기였기를 바란다. 그리고 언젠가는 나도 나만의 천하를 만들어낼 수 있으면 좋겠다. 야망은 아니고, 그냥 이 직업의 수익 구조가 그렇게 생겨먹었기에 갖게 된 소박한 바람이다.

계기가 작가를 만든다

작가란 무엇인가? 요즘은 꽤 복잡한 이야기가 되어 버렸지만, 예전에는 이 질문의 답이 꽤 단순하던 시절이 있었다. 소설가로 등단한 사람이 소설가였던 시절 말이다.

SF 작가로 데뷔하기 전, 나는 대학 학보사에서 주최하는 공모전에 당선된 적이 있었다. 대학원 시절의 일이었다. 그 일을 신기하게 여긴 교수님 한 분이 처음으로 나를 "배 작가"라고 부르시곤 했는데, 그 호칭을 들은 다른 과 학생이 수업 중에 이렇게 물었다. "등단하셨어요?" 등단은 아니고 작은 공모전에서 상을 탄 것이라고 대답했을 때 그의 얼굴에 떠오른 표정이 너무나 인상적이어서 나는 그 순간을 오래 기억하고 있다. '아, 난 또' 하는 표정.

나중에 돌이켜보니 이상한 기분이 들기는 했지만, 그렇다고 한 맺힌 기억까지는 아니다. 그 시절에는 정말로 그 한마디면 작가인지 아닌지를 가를 수 있었다는 이야기를 하려고 예를 든 것뿐이다. 다행히 요즘은 작가의 자격을 이런 식으로 단순하게 물을 수는 없게 되었다. 분위기가 이렇게 바뀐 데에는 나 같은 사람의 존재도 한몫했으리라 믿는다.

사실 그 뒤로도 나는 등단한 적이 없다. SF 공모전을 통해 데뷔했고, 그 후 몇 년간은 일단 데뷔는 했지만 내가 작가인 게 맞나 혼란스러워하면서 다른 공모전에 글을 내기도 했다. 그다음은 의외로 소설가가 거치게 되는 전형적인 코스를 밟았는데, 잡지나 앤솔러지에 단편소설을 발표하다가 이름이 알려진 뒤에는 단행본을 내는 평범한 과정이었다. 차이가 있다면, 내 경우는 시스템이 전혀 없는 곳에서 작가가 되었다는 점이다.

물론 이 말은 작품을 발표하고 독자층을 넓혀가는 과정에서 다른 사람들의 도움을 전혀 받지 않았다는 이야기가 아니다. 분명 어떤 잡지사, 어떤 출판사와 함께 일을 한 것은 틀림이 없다. 그런데 데뷔해서 첫 책을 내기까지 내가 거쳐 간 어느 출판사의 어느 기획도 대부분 2년을 못 채운 한시적인 프로젝트였다. 생겨났다가 금방 사라지는 기획이니 기다리면 또 다른 지면이 생기기야 하겠지만, 작가로서의 경력을 이어가기에 유리한 환경은 아니다.

그래서 이 시절에는, 나처럼 SF 작가가 되려면 어떻게 해야 하느냐는 질문에 대답하기가 상당히 곤란했다. 방법이 없었기 때문이다. 그런데 사실은 방법이 없지도 않았다. 다만, 미리 계획할 수가 없었을 따름이다. 그래서 나는 마치 그 지면들을 꿰어서 작가로서의 경력을 이어가는 방법을 알고 있으면서도 다른 사람들에게는 가르쳐주지 않는 것 같은 상태가 되고 말았는데, 이는 전혀 내가 의도한 바가 아니다.

비결이 있다면, 새 지면이 생기자마자 첫번째 주자가 되어 글을 발표하는 것이었다. 작가들은 보통 첫번째 순서가 되기를 꺼린다. 지면에 맞춰 글을 준비할 시간이 충분하지 않기 때문이다. 하지만 지면이 언제 사라질지 모르는 세계에서는 2호란 존재하지 않을지도 모른다는 자세로 달려들 필요가 있다. 1호마저 무산되는 일도 없지 않지만, 그래도 창간호는 생존율이 높다. 아무튼 핵심은, 그런 불안정한 지면들을 조합해서 작가에게 어울리는 자연스러운 경력으로 만들어낸 사람이 다름 아닌 나 자신이었다는 사실이다.

첫 단행본인 『타워』가 출간되고 이제는 정말로 프로 작가가 되자, 내가 그 일을 해냈다는 사실이 큰 힘이 된다는 것을 깨달았다. 등단한 적은 없지만, 이 무렵부터는 나도 사실상 등단한 것이나 다름없이 다루어지기 시작했는데, 어째서인지 새로 생긴 지면과 새 독자를 대하는 일이 전혀 무섭거나 불안하지 않아서였다.

'사실상 등단으로 간주'한 상태에서 지면 청탁이 들어온다는 것은, 달리 표현하면 '어디 얼마나 대단한 글을 써내나 한번 보자'로 해석되는 말이기도 하다. 새 지면, 새 무대란 그런 것이다. 청탁한 사람은 그런 의도가 없었을지라도 작가는 그 점을 의식하지 않을 수 없다. 이것은 꽤나 두려운 일이다. 이 기회를 놓치면 다시는 작가가 될 수 없을 것 같은 바보 같은 불안이 함께한다면 더 그렇다.

그런데 그 무렵의 나는 내가 드디어 작가가 되었다는 사실을 조금도 의심하지 않았다. 데뷔 후 몇 년 동안 이어진 당혹스러운 기간과 달리, '사실상 등단' 자격을 갖얻은 2009년 무렵의 나는 누가 등단으로 쳐주든 그렇지 않든 스스로 확고하게 작가가 되어 있었다. 그래서 나에게는 시스템이 필요 없었다. 물론 글을 발표하려면 매번 시스템이 필요하지만, 어떤 제도가 나에게 한시적으로 열어준 단 한 번의 기회를 놓치는 일 따위에 대한 불안감이 없었다. 그 기회가 물거품이 되고 내 경력이 다시 원점으로 돌아가는 일이 두렵지도 않았다. 원점에서부터 시작해서 차근차근 쌓아 올리는 법을 터득하고 있었기 때문이고, 누가 어떻게 방해하든 내가 그때까지 쌓아놓은 것들이 쉽게 사라지지 않을 거라는 확신이 있어서이기도 했다.

말로 정리할 수는 없어도 실행에 옮기는 데는 문제가 없는 상태. '사실상 등단으로 간주'되는 상태였던 나는 '작가가 되는 일'의 주요 구성 요소가 무엇인지 알고 있었다. 그리고 스스로가 그 요건을 충족하고 있다고 평가했다.

자, 이쯤에서 이 글의 맨 앞에 나오는 질문으로 돌아가보자. 작가란 무엇인가? 오랫동안 이 질문에 대한 가장 효율적인 답은 등단이었다. 이제 그 말을 해체한 다음, 거기에 들어간 주요 재료들을 다시 조합해 같은 질문에 다시 대답해야 한다. 작가란 어떤 사람인가?

작가란 다음 글을 쓸 계기가 충분히 모여 있는 사람이다. 글을 쓰는 계기에는 여러 종류가 있다. 꿈과 열정이 가장 좋은 계기라고 말할 수 있으면 좋으련만, 어른이 된 작가에게 가장 훌륭한 그것은 역시 부와 명예다. 현실적으로는 약간의 돈과 사람들의 인정 정도면 이 일을 이어가는 좋은 계기가 된다. 이 두 가지는 일반적으로 지면 근처에 응축되어 있다. 등단의 이점은 이 부분과 관련이 있다. 어떤 방식으로든 적절한 수준의 돈을 벌면서 나쁘지 않은 평가를 받을 수만 있다면 꼭 등단이 아니어도 상관없지만, 등단은 지금도 이 문제를 해결하는 가장 유용한 방법의 하나다.

좋은 상을 받는 것이 작가가 되는 지름길인 첫번째 이유는 좋은 편집자를 만나게 해주기 때문이다. 편집자는 그야말로 계기 덩어리다. 기능적으로는 작가의 파트너가 될 사람이고, 이러이러한 글을 써보라고 직접적인 계기를 제공할 사람이며, 업계에서 청탁서와 계약서를 내미는 역할을 담당하는 바로 그 사람이기도 하다. 하지만 아무에게나 연락이 닿는 사람은 아니다.

부와 명예만큼 강력한 계기는 아니지만, 글쓰기에 대한 애정 혹은 도저히 쓰지 않을 수 없는 심리 상태 같은 내면의 동기도 대단히 중요하다. 작가는 돈을 주면 의뢰인이 원하는 글을 찍어내는 직업이 아니다. 어떤 글을 쓸지, 어떤 질문을 던지고 어떤 방식으로 대답할지 스스로 알아서 정해야 하는 직업이므로 내적인 동기 없이 지면을 채워나가기는 어렵다. 심사를 해보면 금방 알 수 있는데, 글쓰기의 반은 답안을 얼마나 잘 써내느냐이지만 나

글쓰기의 반은 답안을 얼마나 잘 써내느냐이지만
나머지 반은 어떤 질문을 지니고 있느냐에 달려 있다.

머지 반은 어떤 질문을 지니고 있느냐에 달려 있다. 질문이 없는 글은 재미가 없다. 자기 질문이 아닌 질문에 답하고 있는 글도 마찬가지다.

나에게 중요했던 계기는 동료 작가다. 한국 SF는 비평이 작동하지 않는 영역이다. 전혀 작동하지 않는 것은 아니지만, 그중 상당 부분이 'SF란 무엇인가' 'SF와 판타지는 어떻게 다른가' 'SF와 과학의 관계는 어때야 하는가'와 같은 추상적인 질문에 머물러 있었다. 지금은 그다음 단계의 질문으로 진도가 조금씩 나가고 있긴 한데, 그럼에도 아직 SF 작가가 참고할 만한 현장 비평은 충분히 이루어지지 않고 있다.

그러면 SF 작가는 창작에 필요한 안목을 어떻게 다듬고 향상시킬 수 있었을까? 비결은 동료 작가를 통해서다. SF 작가들은 공통의 가치를 공유한다. 아직 글로 정착된 적이 없고 체계적인 조사 또한 이루어지지 않았지만, 내 동료 작가들은 "한국 SF"라는 장場, field이 만들어내는 결과물이 대강 어떤 것들인지 감각으로 알고 있다.

이 '장'의 존재를 증명하는 일은 어렵지 않다. SF 작가들 사이에 다른 장에 속해 있는 작가 한 사람을 끼워 넣고 소설집을 기획해보면 금방 알 수 있다. 아무도 조율하지 않아도 마치 조율된 듯 일관성 있는 결과물들이 만들어지는 가운데, 딱 한 사람만이 다소 이질적인 작품을 써내게 될 것이다. 소설은 작가의 머릿속에서 발생하는 게 아니라, 다른 많은 것들과 마찬가지로 사회적인 과정을 거쳐 발생하기 때문이다. 물론 이런 결과는 다른 문학장에 SF 작가 한 사람이 끼어들었을 때도 마찬가지다. 내가 직접 겪어봐서 아는 일이다.

그러므로 훌륭한 글을 써내는 동료 작가가 근처에 있다는 것은 다음 글을 쓰는 좋은 계기가 된다. 옛날 작가나 외국 작가의 존재와는 또 다른 의미에서 그러하다. 동시대 작가란, 단순히 나와 동일한 장의 영향을 받는 사람에서 그치는 존재가 아니다. 그 장은 도대체 누가 발생시킨 걸까? 어차피 비평이고 뭐고 아무것도 없는데? 바로 그들 하나하나가 발생시켜놓았을 것이다. 이처럼 하나의 장 안에서 작가는 서로가 서로의 계기가 된다.

마지막으로 다룰 중요한 계기는 독자다. 글쓰기는 실연實演이 없는 예술이지만, 작가도 예술가인 이상 독자와의 교감이 중요하지 않을 수 없다. 글을 쓰고, 책이 읽히고, 어떤 방식으로든 작가에게 반응이 돌아오는 과정이 완성되어야 한 주기가 마무리된다. 소설은 여기에 이르기까지 아주 긴 시간이 필요한 예술이지만, 이 과정이 필요 없는 예술 장르는 아니다. 또한 이는 지면이 수행하는 본질적인 기능 중 하나이기도 하다. 등단한 작가가 무대 위에 올라 독자를 만나게 하는 일.

하지만 무대에 오르지 못한 작가는 어떻게 작품 발표의 한 주기를 거칠 수 있을까? 등단 제도에 문제가 있다면, 특정한 무대만을 무대로 인정했다는 점이다. 지금 문학계에서 작가의 자격을 묻는 말이 "등단하셨어요?"가 아니게 된 것은, 업계에 속한 많은 사람들이 등단의 무대 기능을 해체한 후 재조립할 수 있게 된 덕분이다. 다시 말해 문단이 인정하는 특정 지면이 아닌 곳에도 무대가 있다는 사실을 받아들인 것이다.

작가에게는 작은 무대라도 독자와 교감하고 한 주기를 완성하는 공간이 필요하다. 정당한 보수와 연결된 지면이 가장 좋겠지만, 우리는 지금 등단의 효과를 해체한 후 재조립하는 과정에 대해 고민하고 있다는 점을 기억하자. 이런 환경에서 작가의 자격을 완성해가려면, 가수가 작은 무대에 오르듯 작은 지면을 찾아 나서기도 해야 한다. 헐값에 저작권을 가져가는 곳보다는 아예 돈이 오가지 않는 곳이 나을지도 모른다. SF 작가로 데뷔한 후, 작가가 맞는지 혼란스러워했던 몇 년 동안 내가 한 일 또한 바로 그 일이었다.

이런 활동을 통해 작가는 자신만의 독자층을 만들어

낼 수 있다. 나에게는 내가 '암흑물질 독자'라고 이름 붙인 독자층이 있다. 암흑물질은 우주의 상당 부분을 구성하고 있지만, 우리가 아는 물리 세계와 반응하지 않아 어둡게 보이는 물질을 말한다. 그러니까 독자가 암흑물질이라는 것은, 좀처럼 검출되지 않는 독자라는 의미다. 있지도 않은 독자를 지어낸 것 아니냐고 묻는 사람도 있겠지만, 검출되지 않는 암흑물질이 어마어마한 질량을 통해 은하의 모양이나 우주의 운명 같은 것을 결정해버리듯, 조용히 책만 사 읽는 암흑물질 독자도 가끔 질량을 드러낼 때가 있다. 직접 보기는 어렵고 가끔 숫자로 정리된 것을 누군가 전해줄 때나 알게 되는 규모다.

2009년의 나는 그때까지 쌓아둔 것을 잃는 것이 두렵지 않았다. 『타워』가 나온 직후의 나에게는 비교적 쉽게 경력을 쌓아가는 길이 열려 있었다. 『타워』 같은 글을 계속 쓰는 것이었다. 그런데 그러지 않았다. 스스로 성장을 멈추는 일이라고 판단했기 때문이다. 그 뒤로 펼쳐진 것은 기나긴 모험이었다. 독자에게도 모험이었을 것이다. 검출되지 않으니 독자가 사라진 게 분명하다고 생각할 때쯤, 누군가 암흑물질 독자들의 질량이 드러난 자료를 보여준 적이 있다. 그래서 알게 되었다. 내 모험을 지탱하고 있는 것은 사실 내 독자들이었을지도 모른다. 나나 내가 쓰는 글들이 실제보다 조금 더 밝게 보인다면, 그것은 잠자코 모여 있는 암흑물질 독자들이 내 앞 어딘가에서 거대한 중력렌즈 현상을 만들어내고 있기 때문일 것이다.

이렇게 따로따로 해체된 후 다시 조립된 계기들이 잔뜩 모여, 등단이라는 제도가 인정하는 작가의 자격과 비슷한 정도가 되었다는 점을 스스로 체감하게 되었을 때, 나는 비로소 혼란스럽지도 않고 작가라는 이름이 부담스럽지도 않은 상태가 되어 있었다. 2009년에 누가 나에게 "등단하셨어요?" 하고 물었다면, 그리고 '아, 난 또' 하는 표정을 보였다면, 내 쪽에서 오히려 코웃음을 칠 수 있었을지도 모른다.

하지만 그 무렵의 나에게는 그런 원한도 남아 있지 않았다. 누가 뭐라든 나는 이미 작가였고, 다음 글을 쓸 계기가 충분히 모여 있는 사람이었다.

이름이 브랜드

제목이 미리 정해져 있지 않아도 소설을 쓸 수 있다. 가제라도 있으면 글의 중심을 잡는 데 도움이 되지만, 나중에 제목을 정해야 하는 순간이 오면 가제가 오히려 방해가 되기도 한다. 몇 달 동안 하나의 키워드를 들여다보고 있으면 그 말이 머릿속에 각인되기 마련이다.

제목을 정하는 일은 꽤 까다롭다. 작품명인 동시에 책이라는 제품의 브랜드이기 때문이다. 작가와 출판사는 협업하는 관계지만, 나는 텍스트에 대한 최종 결정권은 작가에게, 책이라는 제품에 대한 결정권은 출판사에 있다고 역할을 나누곤 한다. 그런데 제목의 경우는 관할이 애매하다. 작품 쪽 결정권자로서도 포기하기 어렵고, 제품 쪽 결정권자가 보기에도 마찬가지다. 편집자들은 보통 작가의 의견이 제일 중요하다는 입장이기는 한데, 적어도 나는 출판사의 권한도 꽤 크다고 믿는다. 그 바람에 제목 확정 과정이 더 꼬인다. 기획 단계에서 미리 제목을 정해두지 않으면 일어나는 일이다.

하지만 작가나 독자 모두에게 가장 주도적인 역할을 하는 브랜드는 책 제목이 아니다. 작가 개인의 이름이다. 사람들은 종종 소설 제목을 틀리게 쓴다. 『옆집의 영희 씨』는 "이웃집 영희 씨"로 불리곤 한다. 대부분의 독자는 『우리가 빛의 속도로 갈 수 없다면』을 사서 읽지만, 어떤 독자는 "우리가 빛의 속도로 갈 수 있다면"을 읽는다. 『덧니가 보고 싶어』는 "덧니를 부탁해"로 언급되는 경우가 많았는데, 최근에는 같은 작가의 소설집 『옥상에서 만나요』를 "옥상에서 봅시다"로 쓴 신문 기사도 있었다. 『고고심령학자』가 "고고심리학자"로 수정되는 것과 비슷한 일이다. 제목 짓는 과정의 첨예한 고민이 무색해지는 순간이다.

이럴 때면 쉽게 드러나는 깨달음이 있다. 사람들은 제목을 브랜드로 기억하지 않는다. 대신 정소연 작가의 소설집, 김초엽 작가의 첫 단행본, 정세랑 작가의 장편소설 그리고 첫 소설집 하는 식으로 책을 분류하고 정리한다. 제일 중요한 브랜드는 결국 작가 자신인 셈이다.

그렇다면 브랜드의 주인이 해야 할 일은 무엇인가? 브랜드를 관리하는 일이다. 사람들은 종종 작가가 자기 이름을 인터넷에서 검색하는 일을 조롱하기도 한다. 자의식의 발로라는 것이다. 그런데 작가들은 알고 있다. 어떤 작가가 틈틈이 자기 이름을 검색하는 것이 그다지 희한한 일은 아니라는 사실을.

블로그가 전성기였던 짧은 시기에는 잡지에 단편소설을 발표하면 멋진 리뷰들을 드물지 않게 볼 수 있었다. 그런데 지금은 그렇지 않다. 긴 리뷰는 사라지고 짤막한 반응들이 그 자리를 대신한다. 누군가 알아서 작품에 대한 반응을 모아다 주는 게 아닌 이상, 발표한 글에 대한 피드백을 얻으려면 스스로 찾아보는 수밖에 없다. 품질관리를 하지 않을 수는 없기 때문이다. 그런데 이 경우에도 소설 제목을 검색하는 것보다 작가 이름으로 찾는 게 효율적일 때가 많다. 게을리할 수 없는 작업이 된 셈이다.

『타워』 이후 몇 권의 책을 내면서 출판사들의 신간 마케팅 방향을 들을 기회가 여러 번 있었다. 전략은 나쁘지 않았다. 작가 중심으로 홍보를 하겠다는 것이었다. 그런데 해마다 한두 권의 책을 내면서 왠지 전에 들은 이야기를 다른 출판사에서 또 듣는 듯한 기시감이 생겨났다. 출판사의 홍보 전략은 언제나 작가 중심의 홍보였던 것이다.

많은 작가가 나와 비슷한 꿈을 꾸었을 것이다. 나보다 내가 쓴 글이 더 유명해지는 것. 작가가 누구였는지는 잘 모르겠지만, 어떤 소설이었는지는 생생하게 기억하는 사람들이 많이 남아 있는 미래. 이 또한 나 혼자만의 기대였는지도 모르지만, 아무튼 그렇게 될 기회는 존재한 적이 없다. 흔히들 글은 쓰고 나면 독자의 것이라고 하나, 내가 낸 책들은 나에게서 쉽게 분리되지 않고 여전히 나의 일부로 여겨지곤 했다.

책이 나올 때가 되면 작가들은 홍보를 위해 대기를 해야 한다. 홀가분한 마음으로 여행을 떠나서는 안 된다. 첫 주에는 인터뷰를 해야 하고 그다음 주부터는 독자들을 만나러 다녀야 한다. 소셜 미디어에 신간 소식을 알리고, 판매로 직접 연결되지는 않더라도 이 책이 신간임을 알리는 의미로 책에 관한 이야기를 주기적으로 해야 한다. 그래야 책이 신간의 싱싱함을 유지할 수 있다.

이것은 세번째 자아를 만드는 일이다. 이름의 주인인 자연인, 글을 써낸 서술자, 그리고 홍보하는 나. 두번째와 세번째는 사뭇 다른 사람이다. 두번째가 에너지를 안쪽으로 끌어모으는 일에 힘쓰는 자아라면, 세번째는 확실히 바깥쪽을 향해야 한다. 첫번째가 어떤 인간인지에 따라 갈리는 싸움이겠지만, 두번째와 세번째 자아 사이의 차이는 꽤 크다. 조사해본 적은 없지만, 작가란 아무래도 세번째보다는 두번째가 어울리는 사람이 아닐까?

물론 행사나 홍보 활동을 기가 막히게 해내는 작가들이 있다. 그런 사람들에 대해서도 나는 이런 의심을 하곤 한다. '저 사람은 1년에 딱 열흘 정도만 저런 활동을 완벽하게 해낼 수 있고, 그중 하루를 오늘 저녁에 사용하고 있는 거야.' 내가 그렇기 때문에 드는 생각인데, 나는 작가 대부분이 이런 식일 거라고 믿는다. 차이가 있다면 세번째 자아로 변신할 수 있는 일수가 1년에 열흘인 사람과 두 달인 사람이라는 정도일 뿐이다. 그렇지 않고서야 어떻게 작가라는 본업을 유지할 수 있을까?

신간 홍보 기간에 작가는 대기만 하고 있으면 되는 게 아니다. 브랜드 관리도 스스로 맡아서 해야 한다. 저술업 종사자처럼 어정쩡한 인지도를 활용해 돈을 벌어야 하는 사람에게 브랜드 관리는 험난한 작업이다. 아예 연예인처럼 큰돈이 걸려 있는 사업이라면 전문가들의 도움을 받기라도 할 텐데, 저술업은 그쪽과는 거리가 멀다. 기껏해야 소셜 미디어 활동 등을 통해 직접 대중과의 접촉

면을 넓히는 수밖에 없다. 그래야만 새로 나온 책이 신간의 생명력을 오래 유지한다. 그런데 상대적으로 최근에 발명된 인터넷 매체에는 리스크 관리 수단이 별로 없다.

이런 환경에서 작가가 할 수 있는 것은 적극적이고 선량한 이미지를 유지하는 한편, 문제가 발생할 소지를 부지런히 점검해서 적기에 정교한 입장을 낼 준비를 하는 일이다. 물론 가능하면 실제로 훌륭한 사람이 되는 편이 낫다. 위선은 생각보다 비효율적인 전략이기 때문이다. 브랜드가 되어버린 자기 이름을 정기적으로 검색하는 일의 실상은 사실 이런 것들이다. 내가 어떻게 보일까 자꾸만 인터넷이라는 거울을 들여다보는 일. 언뜻 자기애와 유사해 보이지만, 의미는 전혀 다르다.

이 일은 내 브랜드가 어떻게 보일까를 꾸준히 확인하는 일보다 조금 더 고달프리라고 생각한다. 그 브랜드가 바로 나 자신이기 때문이다. 5년 전쯤의 내가 내 직업과 관련해서 가장 힘들어했던 일인데, 지금은 그때보다 스트레스가 덜하다. 비결은 중간에 1년을 쉰 것이다. 마치 안식년처럼, 다시는 글을 쓰지 않을 것처럼 살았던 1년 덕분이다. 이제 또 시간이 흘렀으니 같은 스트레스가 축적되어 있을 것이다. 스트레스 게이지가 가득 차면 그때는 또 어떤 방법을 찾을 수 있을지 모르겠다.

아무튼 이런 이유로 창작자는 브랜드가 되어버린 자기 이름을 검색한다. 그러다 가끔 엉뚱한 경우를 만나기도 한다. 예를 들어, 존경해 마지않는 우리 시대 창작자인 이자람의 이름을 검색하다 보면 "앞머리가 많이 자람" 같은 말이 걸리곤 했다. 물론 요즘은 그렇지 않은데, 본인 이름이 들어간 밴드 활동이 큰 성공을 거둔 덕분이다. 어느 문학상 시상식 날 축사에서도 한 말이지만, 내 오랜 동료인 정세랑 작가는 작가 경력 초반 내내 "국제정세랑"과 치열한 대결을 벌였다. 그리고 이제는 국제정세와 싸워 당당히 승리한 작가가 되었다. 두 사람 모두 이름이 그만큼 확실한 브랜드가 되었다는 의미다.

이름이 브랜드가 되어버린 사람이 해야 할 첫번째 과제는 어쩌면 자기 이름을 정복하는 일이라는 결론을 내린 적이 있는데, 아이돌 가수를 동명이인으로 둔 동료 작가의 이야기를 듣고 생각을 바꿨다. 차라리 국제정세를 상대하는 편이 쉬울 수도 있다는 깨달음 때문이다.

이 글을 쓸 무렵의 나는 어느 빵집 소식을 심심치 않게 듣고 있다. 나와 동명이인이 운영하는 빵집이다. 가운데 정렬된 블로그 리뷰가 많아서 실제로 어떤 곳인지는 확신할 수 없지만, 최소한 브랜드 관리를 꾸준히 하고 있다는 건 분명하다. 직접 가보지 않아도 성업 중이라는 사실을 알 수 있고, 조금만 관심을 두고 들여다보면 이 가게의 최근 주력 상품이 무엇인지 알아내는 것도 어려운 일이 아니다.

어느 날 나는 이 빵집을 찾아가보기로 했다. 무덥고 습한 여름날이었다. 종일 비 예보가 있었지만, 시원하게 소나기를 쏟아버리기보다 내내 습기를 머금고 있기로 마음먹은 듯한 날이었다. 지하철을 타고 집을 나선 뒤 경기도 버스로 갈아탔다. 얼마 지나지 않아 버스는 서울을 벗어나 고속도로로 접어들었다. 다른 도시로 가는 여행이었다. 나와 브랜드가 겹치지 않았으면 굳이 나서지 않았을 당일치기 여정이기도 했다.

버스에서 내리자 작은 번화가가 나타났다. 집을 나선 지 한 시간 반이 지나 있었다. 목적지는 정류장에서 겨우 1분 거리였다. 그 빵집은 아파트 단지를 바라보고 있었는데, 간판이 생각보다 도드라져 보이지 않아 세상에서 제일 익숙한 이름인데도 한 번에 찾을 수 없었다. 주위를 한 바퀴 돌고 난 뒤에야, 방금 눈여겨보고 지나쳤던 국숫집 바로 옆에 내가 찾던 빵집이 있었다는 사실을 알게 됐다. 허기가 공간을 접어버린 셈이었다.

하지만 곧장 빵집 문을 열고 들어가지는 않았다. 빵

만 달랑 사서 집으로 돌아가기에는 왕복 세 시간 거리가 너무 멀었다. 물론 거기에 들르는 것 말고 다른 용건이 하나도 없는 동네이기는 했다. 나는 느릿느릿 주위를 한 바퀴 돌다가 적당한 곳에서 점심을 먹은 다음, 맨 마지막에 빵집으로 향했다.

블로그 리뷰에서 본 것처럼 테이블이 없는 작은 가게였는데, 사실은 판매를 위한 공간이 작을 뿐 계산대 너머에 있는 빵 만드는 공간은 공장이라고 부르고 싶을 만큼 널찍했다. 주어진 공간의 대부분을 판매가 아닌, 빵 만드는 일에 할애한 셈이었다.

어떤 빵을 사야 하는지 이미 다 알고 있었지만, 마치 지나가는 길에 우연히 들른 사람처럼 진열된 빵들을 구경했다. 앙버터를 고르고, 명란 바게트가 잘 나가는지 점원에게 물었다. 좋아하는 사람들은 매일 사 먹기도 한다는 대답을 듣고서 고개를 끄덕이며 명란 바게트를 쟁반에 담았다. 물론 모두 계획된 우연이었다. 점원에게 먹기 좋은 크기로 빵을 썰어서 담아달라고 부탁했다. 비닐봉지가 유료라는 안내를 받았지만 그 또한 이미 익숙한 정보였다.

점원이 빵을 써는 사이, 빵집 안을 찬찬히 둘러보았다. 아마도 다시 그곳을 찾는 일은 없을 것이다. 일단 빵만 사러 가기에는 너무 먼 곳이었다. 그리고 그 근방에서는 다른 볼일도 좀처럼 생기지 않는다. 소설가라는 직업은 사는 지역에 전혀 구애받지 않을 것처럼 보이지만, 사실상 한국 출판계는 홍대-합정 일대에 모여 있는 것이나 다름없어서 모임이란 모임은 전부 그쪽에서 열린다.

계산대 뒤쪽, 유리창 너머로 보이는 넓은 공간에서 분주하게 빵을 만들고 있는 사람이 바로 내 동명이인이 아닐까 짐작해보았다. 하지만 그를 만나러 간 것은 아니었으므로 통성명은 하지 않았다. "또 오세요" 하고 인사하는 점원에게 "네에" 하고 길게 끄는 소리로 답을 하고는 우산을 펴고 버스 정류장으로 향했다.

그런데 이 이야기의 교훈은 뭐였을까? 앙버터에 들어간 팥이 범상치 않게 맛있어서 해피엔딩으로 마무리되기는 했지만, 딱히 교훈이나 결론이 필요한 여행은 아니다. 짤막한 이야기가 잔뜩 붙어 있는 소재이니 이렇게 다듬어서 머릿속에 넣어두면, 언젠가 다른 소재들과 어우러져 소설의 한 장면이 될지도 모르겠다.

한 가지 분명한 것은, 동명이인의 빵집이 오래오래 성업했으면 한다는 점이다. 언젠가 이름을 관리하는 일이 또다시 버거워지면 혼자 버스를 타고 연고 없는 그곳을 찾아 훌쩍 떠나게 될지도 모르는 일 아닌가. 그때도 지금과 마찬가지로 딱히 환영받으러 떠나는 여행은 아니겠지만, 테이블도 없는 그곳에서 빵을 사 오는 일이 어쩌면 나에게는 위로가 될지도 모른다.

환금 소설

　　공부를 그만두고 『타워』를 쓰기 전까지 2년 정도 회사에 다녔다. 어느 날 상사에게 안 좋은 소리를 듣고 있는데, '이 말은 나에게 아무 상처도 안 되겠구나' 하는 생각이 들었다. 그 일이 벌어지는 동안, 나는 그 장면을 언젠가 소설에 집어넣을 계획을 세우고 있었다. 삶을 살아가는 게 아니라 서술자 시점에서 구경하게 된 셈이다. 그날 나는 내가 전업 작가가 될지도 모르겠다고 생각했다.

　　이것은 일종의 특수 능력이다. 삶을 온전히 살아가지 않고, 어느 순간 한발 물러나서 삶의 한 겹을 살짝 떠내는 일. 사람들은 글 쓰는 사람들이 지닌 이런 특징을 얄밉게 보기도 한다. '세상 물정 모르는 온실 속 프리랜서'

이것은 일종의 특수 능력이다.
삶을 온전히 살아가지 않고,
어느 순간 한발 물러서서 삶의 한 겹을 살짝 떠내는 일.

라는 잘못된 이미지도 일부는 이 특수 능력에서 비롯되었을 것이다. 프리랜서 시장은 온실이 아니고 작가가 겪는 고난이 가벼운 것도 아니지만, 아무튼 소설가는 저 일을 일상적으로 할 수 있는 사람이다. 삶의 한 겹을 살짝 분리해내는 일.

그렇게 분리해낸 삶은 작품에 담긴다. 그러면 사람들은 그 작품을 사 간다. 결과적으로 작가는 삶을 돈으로 바꾼 셈이 된다. 이것이 '환금 소설'의 기본 원리다.

환금 소설이라는 말은 사실 농담이다. 예를 들어 돈안 되고 번거롭기만 한 일을 도맡아 하고 있는 것을 본 동료 작가들이 위로의 말을 건넬 때, 나는 이렇게 말하곤 한다. "나중에 환금하면 돼요." 그러면 긴장이 확 풀린다. 게다가 나는 환금 활동을 정말로 성실하게 하기 때문에 그 말이 빈말로 들리지도 않는 모양이다. 잘 단련된 소설가는 이걸 어디다 쓰나 싶은 이상한 자원도 어떻게든 돈으로 바꿀 수 있다. 보통은 폐기 비용을 들여서 처리해야할 나쁜 경험을 가지고도 부가가치를 만들어낼 수 있는 것이다.

『예술과 중력가속도』의 맨 앞에 실린 단편소설 「유물위성」은 사실 환금 소설이다. 몇 해 전 터키에 여행을 갔다가 테르메소스라는 옛 로마 도시로 투어를 간 적이 있는데, 투어 내용이 대단히 만족스럽지는 않았다. 나쁘지 않은 코스였지만, 그 무렵에 머물던 곳이 안탈리아였다는 데 문제가 있었다. 안탈리아는 지중해에 있는 유서 깊은 관광도시고, 테르메소스는 산꼭대기에 있는 고대 도시 유적이다. 등신을 좋아할 리 없는 나로서는 땡볕 아래에서 진행된 테르메소스 투어가 시간 낭비처럼 느껴질 수밖에 없었다.

그 여행에서 돌아온 후 두 편의 소설이 탄생했다. 하나는 나중에 『끼익끼익의 아주 중대한 임무』라는 어린이책이 된 단편소설이고, 다른 하나가 바로 「유물위성」이다. 『끼익끼익의 아주 중대한 임무』는 안탈리아에서 발견한 기분 좋은 것들의 영향을 받았다. 도시 곳곳에서 들리는 작은 소리들을 적어놓은 메모는 '끼익끼익'이라 불리는 도시형 요정의 원형이 되었다. 그 유명한 터키 고양이들이 길바닥에 한가로이 드러누워 있고, 옛 로마의 성벽 흔적이 그대로 남아 있는 지중해 항구도시의 여유로운 마법이 좋은 영감을 불러일으킨 대표적인 경우다.

그런데 에너지 효율이 높은 소설가는 좋은 경험뿐만 아니라 나쁜 경험도 빠짐없이 소설로 바꿀 수 있다. 어서 테르메소스 투어에 든 비용과 시간을 돌려받아야만 하는 것이다. 이것은 소설을 쓰는 강력한 동기다. 이 작업을 거치면 테르메소스의 시간도 안탈리아의 시간만큼 의미 있는 것이 된다. 부가가치가 창출된 셈이다.

솔직히 말하면, 장편소설 『은닉』도 환금 소설이다. 그 겨울에 누가 체코 여행을 가겠는가! 하지만 이상하게 겨울이 되면 유럽 전체에서 체코행 항공편만 자리가 남아 있는 경우가 많다. 겨울에 체코 여행을 간 한국인은 생각보다 많은데, 다들 비슷한 이유였으리라 짐작한다. 그런데 겨울 체코는 너무 추워서 주요 관광지들이 몇 달간 아예 문을 닫는다. 맥주만 홀짝홀짝 퍼마셔야 하는 신세다. 물론 맥주가 기가 막히게 맛있기는 하지만, 어서 돈으로 바꾸고 싶을 만큼 고통스러운 추위임에는 틀림이 없다.

작가에게 환금은 위로다. 별 이상한 데서 위로를 받네 싶겠지만, 실제로 좋지 않은 일을 겪고 있는 동료 작가들을 위로하다가 "나중에 돈으로 바꾸세요" 하는 말을 건넸을 때 그들이 보여준 반응을 보면, 역시 작가들은 별 이상한 데서 위로를 받는 게 분명하다. 농담처럼 가볍게 던진 말에 너무나 깊은 안도의 반응이 돌아온 것이다. 우리가 우리 삶으로부터 분리되어 기록을 남길 수 있다는 것은 생각보다 큰 위안거리다. 적어도 어떤 문제는, 내 인생을 통째로 휘감을 만큼 심각한 문제가 아니라는 사실을 금방 깨닫게 해주기 때문이다.

물론 "나중에 돈으로 바꾸라"라는 위로는 아무 데서나 남발할 게 못 된다. 일단 농담이라, 상황 파악을 제대로 하지 못하고 발화해버리면 무례한 말이 될 위험이 크다. 특히 위로해야 할 고난이, 사랑하는 사람을 잃거나 꿈이 좌절되는 일처럼 삶 전체에 영향을 미칠 수 있는 사건일 때는 더 그렇다. 어떤 고난은 살아가며 극복해야 하고, 어떤 괴로움은 삶으로부터 분리해서 뇌관을 제거해야 한다. 분리되지 않는 고통을 분리해보라고 말한들 무슨 위로가 될까. 하지만 시간이 충분히 흐른 뒤에, 작가가 가장 괴로웠던 삶의 한 겹을 떠내어 작품 속에 다시 재현해낼 수 있다면 그 일은 역시 위로가 되리라 믿는다.

인간은 고난을 극복하고자 하지만 모든 괴로움을 이겨내지는 못한다. 그렇다고 덜컥 패배를 선언할 수는 없다. 통제할 수 없는 일은 예측이라도 해야 하고, 예측조차 못 하는 일은 기록이라도 남겨야 한다. 기록조차 하지 못하고 언어의 수면 아래에 침잠해 있는 고통은 얼마나 처참한가. 섬세한 언어는 뭉쳐 있는 응어리를 효과적으로 풀어내는 도구다.

작가의 사회적 책무도 이와 관련 있다. 사회는 작가에게 통제나 예측 같은 멋진 역할을 부여하지 않는다. 작가는 그런 일을 하는 직업이 아니다. 가끔 그런 일을 하는 기관이나 무슨 위원회라는 이름이 붙은 곳에서 불러줄 때도 있지만, 그곳에서 작가에게(특히 SF 작가에게) 바라는 것은 통제나 예측이 아니라 주로 상상이다. 작가가 제 역할을 다할 수 있는 순간은, 공동체가 기록밖에 하지 못할 고통 앞에 섰을 때다. 혹은 아직 아무도 기록조차 하지 못한 아픔을 마주한 사회가 첫 기록을 애타게 기다릴 때다.

이렇게까지 거창하게 환금 소설을 옹호하고 보는 것은, 삶을 글로 바꾸는 행위가 직업윤리와 관련된 경우가 더러 있기 때문이다. 세상에는 두번째 직업으로 글을 쓰는 작가들이 많은데, 그런 이들에게는 "나중에 소설로 쓰세요" 하는 조언이 잘 안 먹힌다. 첫번째 직업을 통해 알게 된 것을 소설로 옮기지 않는 것이 그들의 직업윤리이기 때문이다.

의사나 변호사처럼 비밀 유지 의무가 있는 직업을 가진 작가는 물론이고, 사회 활동가나 연구자처럼 상대적으로 자유로운 직업을 가진 작가도 첫번째 직업을 통해 알게 된 것을 소설로 옮기는 일에는 거부감을 드러내곤 한다. 이것은 삶의 태도에 관한 문제이기도 하다. 구체적인 문제를 해결하려면 삶 안에서 구체적으로 투쟁을 하면 된다. 즉, 데모를 하면 될 일을 소설을 써서 해결하려는 태도가 꼭 바람직한 것만은 아니라는 얘기다. 여러 모로 타당한 이야기이니 유념하기 바란다.

그리고 바로 이 점 때문에 전업 작가는 얄미운 존재다. 사람들 사이에서 치열하게 살아가지 않고, 심심하면 그놈의 서술자에 빙의되어 한 발씩 뒤로 빠져 있는 것처럼 보이기 때문이다. 주관적인 의견이겠지만, 작가는 인생이라는 전선에 배수진을 치고 나서기가 어려운 사람이다. 그래서 때로는 살아가는 일에 전력을 다하지 않는 것처럼 보이기도 하고, 다른 누군가가 진지하게 싸우고 있을 때 그저 구경이나 하는 것처럼 보일 때도 있다. 작가라는 자연인의 한 걸음 뒤에는 남들에게는 없는 퇴로가 한 칸 더 마련되어 있어서 그렇다. 바로 '서술자'의 자리다.

하지만 별다른 노력을 하지 않아도 삶이 자꾸 한 겹씩 분리가 돼서 '아, 나는 전업 작가가 되는 수밖에 없겠구나' 하고 결심한 작가의 경우, 남들에게는 없는 그 한 칸의 퇴로가 바로 직업윤리다. 그곳은 도피처다. 그리고 위안의 근거다. 작가 본인에게 가장 먼저 열리는 현실도피 공간이지만, 글로 써서 발표하는 순간 그 도피처는 다른 사람들에게도 똑같이 개방된다. 그곳에서 독자는 삶을 관조한다. 우리를 짓누르는 이 고난은 우리 삶을 이루는 본질적인 요소가 아니며, 분리하고 객관화한 후 찬찬히 뜯어볼 수 있는, 그래도 되는 사물임을 깨닫는 것이다. 애초에 반쯤은 농담일 수밖에 없는 화두지만, 가만히 생각을 정리해보면 이런 입장이 되고 만다.

그러니까 소설가들이 남이 사는 이야기를 마구 가져다 쓴다는 속설은 대체로 사실이 아니다. 보통 작가들은 그런 식으로 소재를 가져다 쓰지 않는다. 삶의 한 겹을 얇게 떠내는 일은 사람들이 상상하는 것보다 훨씬 섬세한 작업이다. '너, 마음에 안 드니까 소설에 써버리겠어' 하는 마음가짐으로 작품 활동을 했다가는 머지않아 경력에 종지부를 찍게 될 것이다. 물론 이 말이 아주 미덥지는 않겠지만, 아무튼 일반론은 그렇다.

그렇다면 이 일을 하는 데 SF는 특히 유용한 도구일까? 나는 그렇다고 믿는다. 일단 현실도피에는 SF가 제격 아닌가?

SF는 현실의 삶을 반영하지만 현실 그대로를 내놓지는 않는다. 「유물위성」에는 테르메소스도 나오고 부업으로 가이드를 하는 고고학자 메흐멧도 실명으로 등장하지만, 혹시라도 메흐멧이 이 소설을 읽었을 때 자기 이야기라고 생각할 가능성은 크지 않다. 현실에 존재하는 어느 메흐멧도 고대 외계어를 연구하지는 않을 것이기 때문이다. 이처럼 현실의 누군가를 직접 지칭하지 않으므로

SF를 도구로 활용하는 작가는 좀더 용감하게 현실의 한 겹을 떠낼 수 있다.

또한 SF는 유용한 사고실험의 도구다. SF 자체를 사고실험의 문학으로 정의하는 사람도 많다. SF가 현실에 연장선을 긋는 데 유용한 도구라는 의미다. 현실은 때때로 말을 아끼곤 한다. 문학도 아닌 수제에, 함축하고 은유해서 그 의미를 표현하곤 한다. 예를 들어, 잘 짜여 있는 권력은 노골적으로 복종 행위를 강요하지 않는다. 때가 되면 알아서 복종을 표현하는 행위를 하도록 암묵적으로 제도화되어 있을 뿐이다. 차별도, 불평등도 마찬가지다. 현실은 생각보다 암시적이다.

SF는 침묵하는 현실에 연장선을 그어버린다. 말풍선을 달아서 소리를 내게 만들기도 한다. 현실이 살짝 고개만 끄덕이고 만다면, SF는 암시에 가까운 그 행위에 가중치를 부여해서 1분에 70번씩 고개를 끄덕이는 자동 로봇으로 만들어버릴 수도 있다. 『총통각하』에 실린 「바이센테니얼 챈슬러」는 새로 뽑힌 대통령이 너무 마음에 안 들어서 그의 임기가 끝날 때까지 동면을 하기로 마음먹은 사람들의 이야기다. 그런데 동면에서 깨어난 주인공들은 놀랍게도 그 대통령이 아직도 대통령을 하고 있다는 사실을 발견하고 다시 동면에 들어간다. 다시 깨어났을 때도 마찬가지다. 독재자의 치세는 끝나지 않는다. 이 소설은 그렇게 200년 넘게 통치하는 독재자와 200년 넘게 동면하고 깨어나는 사람들의 이야기다. 2010년경 현실 세계 어느 정권의 이야기지만, 그 대통령이 누구인지는 나도 모르겠다. 이 이야기는 현실을 반영한 것이지만 현실 그대로는 아니기 때문이다. 그렇게 만들어낸 이야기의 틈바구니에서 독자들은 숨 쉴 공간을 발견한다. 적어도 작가는 그러기를 바라며 글을 발표한다. 모른 척 시간만 보낸다고 해결되는 일은 아무것도 없다는 작가의 메시지에 공감하고 말고는 그다음 이야기다.

그래도 '환금'이라니! 돈 이야기 같아서 불편한 독자가 있다면 부디 양해해주기를 바란다. 사실 소설을 매개로 한 환금 활동은 그다지 큰돈이 되지는 않는다. 그리고 다른 글에서 이미 한 이야기지만, 작가가 책을 팔아서 돈을 버는 행위는 이 업계가 상상할 수 있는 가장 순수한 형태의 영리 활동이다. 딱히 영악한 짓이 못 된다는 뜻이다.

나와 가까운 동료 작가들은 환금 소설 이야기를 재미나게 받아들인다. 심각한 이야기를 하다가도 갑자기 모든 경계를 풀고 푸하하 진심으로 즐거운 웃음을 짓는다. "아, 이거 글 써서 돈으로 바꾸면 돼요." 그래서 나는 내가 대단히 성실한 환금 작가인 것이 마음에 든다. 눈치 챘는지 모르겠지만, 사실 지금 이 글 또한 환금 소설이라는 개념을 환금하는 과정이다.

삶은 나의 원자재다. 생활 물가 상승은 원자재 가격 상승이다. 그러니 원고료도 물가 상승률만큼 올랐으면 좋겠다.

2020년, 현재가 된 미래

　나는 아직 해저 도시에 가본 적이 없다. 우주여행도 못 가봤다. 사람 키만큼 큰 바나나는 아직 출시가 안 됐다. 사람들이 쫄쫄이 우주복을 입고 생활하지도 않는다. 그런데 벌써 2020년이다.

　20세기가 끝날 무렵에 학교를 다닌 세대에게 21세기라는 시간은 그 자체로 미래였다. 실제로 미래이기도 했지만, 단순히 한 세기 뒤를 지칭한다고 하기에 21세기라는 말에는 너무 많은 것이 담겨 있었다. 적어도 반 이상은 SF에 할당된 시간이었던 셈이다.

　미래를 지향하는 사람들은 어떤 사람들일까? '창의적인 사람'이라는 답을 떠올리기 쉽겠지만, 의외로 정반대에 있는 사람들 또한 미래를 지향한다. "과거는 잊고 미래 지향적인 관계를 구축"하는 것이 목표인 사람들이다. 어디서 많이 들어본 말 아닌가? SF는 대체로 진보적인 문학이다. 세상의 변화를 고민하는 장르라는 뜻이다. 하지만 동시에 SF는 기득권의 문학이 될 소지가 있다. 과거 이야기는 덮어두고, 복잡한 현실은 도피해버리고, 미래로 시선을 돌리게 하는 효과를 지닌 탓이다.

　　이 두 가지 생각은 섞이기 어렵지만, 현실에서는 이 둘이 만나는 일도 드물지 않게 일어난다. "왜 SF여야만 하는가?"에 대한 양립할 수 없는 서로의 해답을 까맣게 잊은 채, SF라는 눈에 띄는 깃발 아래 일단 사이좋게 모여든 결과다. 물론 모임의 결과물이 양쪽 모두를 만족시키기는 어렵다. 나만 해도, 과거의 잘못 따위 다 덮어버리고 미래 이야기나 하고 싶은 사람들의 수요를 속 시원히 만족시켜줄 자신은 없다.

　　과거를 외면하다시피 하는 이런 사고방식은 이른바 '미국 학계'의 특징이기도 하다. 내가 아는 학계는 고고심령학계 아니면 국제정치학계밖에 없으므로, 이 말의 범위는 미국 정치학계(국제정치학을 포함한다)로 한정하자. 다른 나라 사람들이 보기에 미국 학계는 좀 특이한 데가 있다. 세계의 현재 모습이 어떤 과정을 거쳐 형성되었는지에 큰 관심을 두지 않고, 지금 현재 상황 그리고 앞으로 일어날 일에만 관심을 기울이는 경향 때문이다.

한일 관계를 예로 들면 이해가 빠를 텐데, 미국 정부는 한국과 일본이 군사적으로 긴밀한 관계가 되면 한미일 삼국이 모두 행복할 것이라는 결론을 내리는 경우가 많다. 가장 현명해 보이는 정부도 그랬고 걱정스러우리만치 무모해 보이는 정부도 마찬가지다. 과거를 생각하지 않고 지금 현재 상황만을 고민의 출발점으로 삼기에 일어나는 일이다. 사실 20세기 미국의 대외 전략은 다 그 모양이어서 큰 비용을 들이고도 실패한 사례들이 많다. 지역의 세력균형을 위해 독재 정권을 지원해버리는 정책이 대표적이다. 물론 20세기 후반 미국은 더 많은 돈을 들일 준비가 되어 있는 나라였지만, 21세기 미국은 그때만큼 위대하지는 않은 것 같다.

언뜻 보면 멍청한 접근 방식인 듯해도 이런 미국식 접근법이 꼭 나쁘다고 볼 수만은 없다. 미국에서 영어 수업을 들으면서 느낀 점인데, 미국인들은 처음 본 사람과 인사를 나눌 때 나이나 학력, 결혼 여부 등 살아온 내력을 덜 묻는다. 묻기는 하지만, 한국인들이 상대가 거주하는 부동산 현황까지 들어야 신상 파악이 완료되는 것에 비교

할 바는 아니다. 현재 그 자리에 앉아 있는 당사자의 상태와 그가 직접 한 말, 대략 그 지점이 미국식 신상 파악의 출발점인 셈이다. 딱 들어도 상당한 장점이 있는 접근 방식이라는 점을 짐작할 수 있을 것이다. 다만 국제 관계를 이런 식으로 이끌어가려고 한 것이 문제였을 뿐이다. 사실 국제정치라는 사교계에서 미국은 호스트가 아니라 나중에 들어온 돈 많은 손님 쪽에 가까웠다. 다른 손님의 신상을 묻고 말고는 미국이 정할 문제가 아니었던 것이다.

그런데 이런 미국 학계의 접근법은 바둑 두는 인공지능이 판세를 파악하는 방식과도 일맥상통하는 데가 있다고 한다. 인공지능은 어쩌다 지금 같은 형국이 됐는지, 그러니까 상대가 무엇을 위해 노력해왔는지를 분석하지 않고, 현재를 기점으로 미래의 변화수만 열심히 계산한다고 들었다. 내가 맞게 이해했는지 모르겠지만, 이는 미국 정치학계를 연상시키는 사고방식이다. 공교롭게도 미국 정치학계를 특징짓는 연구방법론 또한 데이터와 통계를 활용한 분석이다. 알파고가 좋아할 만한 접근법이다. 반면 한국을 포함한 다른 나라 학계에서는 데이터 처리보다는 역사 공부의 비중이 높다. 현재 상황 자체보다는 일이 진행되어온 과정과 그 맥락에 더 많은 관심을 보인다는 뜻이다. 미국인들의 생각과 달리 이 행성은, 한국과 일본이 군사적으로 긴밀히 협조하면 한미일 세 나라가 모두 행복하리라는 식의 '기계적인' 처방을 절대 받아들일 수 없는 사람들로 가득한 탓이다.

요지는, 미국식 처방이 그만큼이나 독특하다는 점이다. 미국에서 꽃핀 제국의 문학 장르인 SF의 기저에 깔려 있는 미래에 대한 가정도 마찬가지일 것이다. 선악에 관한 판단이라기보다, 절대적이지 않다는 의미로 하는 말이다.

이처럼 미래는 신성불가침의 영역이 아니다. 어차피 우리는 이미, SF의 시간인 줄로만 알았던 그 21세기에 무단으로 침입한 것으로도 모자라 아예 그 안에서 밥을 지어 먹고 사는 사람들이 아니던가. 그런데 이 미래는 20세기 사람들이 생각하던 그 미래도 아니다. 한 알만 먹으면 필요한 영양분을 모두 얻을 수 있는 알약도 없고, '작가의 말'을 대신 써주는 기계도 없다. 무엇보다 개탄스러운 점은 머리를 감겨주고 말려주는 기계가 없다는 사실이다. 무슨 21세기가 이렇게 밋밋하단 말인가.

심지어 이 미래는 살짝 옆길로 샌 미래다. 20세기 인간들이 그려낸 21세기는 주로 운송 수단이 발달한 세상이다. 일단 자동차가 날아다녀야 한다. 그리고 사람들은 로켓을 타고 다닌다. 어떻게 작동하는 건지는 모르겠지만, 필립 K. 딕의 소설 곳곳에는 로켓을 대중교통 수단처럼 타고 다니는 사람들이 등장한다. 영화 「대괴수 용가리」에서 젊은 시절의 이순재 배우가 괜히 한번 몰고 다니던 로켓과 비슷한 방식일지도 모른다. 날아다니는 스케이트보드든, 행성 사이를 휙휙 오가는 우주선이든, 순간이동 장치든, 아무튼 이 문명을 이루는 핵심 키워드는 '이동'이다. 더 어려운 말이기는 하지만, '모빌리티'라고 하면 왠지 더 쉽게 와닿을지도 모른다.

그런데 실제 21세기의 경관은 어떤가? 일단 자동차는 모두 땅에 붙어 있다. 21세기 한국의 길거리에서 제일 21세기 같은 장면은 야쿠르트 카트가 유유히 지나가는 모습이다. 하지만 실망하지는 말자. 우리 손에는 20세기 사람들의 눈을 휘둥그러지게 할 첨단 장비가 들려 있다. 인터넷과 그 잠재력을 최대로 살릴 수 있는 소형 단말기다. 말하자면 우리는 문명의 핵심 키워드가 '이동'이 아니라 '통신'인 미래에 와 있다.

이것은 꽤 당혹스러운 깨달음이다. 20세기 말에서 21세기 초에 나온 SF 소설이나 영화에서도 자동차는 여전히 건물 사이를 날아다니고, 영상통화가 가능한 전화기는 벽에 고정되어 있다. 아주 최근까지 인류는 통신 기술이 이렇게까지 발달한 세상에서 살 생각이 없었던 셈

21세기 한국의 길거리에서 제일 21세기 같은 장면은
야쿠르트 카트가 유유히 지나가는 모습이다.

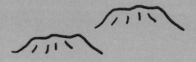

이다.

　　이런 문명사적 분기점을 염두에 두고 간단한 사고실험을 해보자. 나와 비슷한 나이대의 작가가 어린 시절의 추억을 더듬는 작품을 구상한다. 작품에 담긴 작가의 어린 시절에는 스케치북에 그림을 그리는 등장인물이 나온다. 선생님이 내준 과제는 2020년쯤 되는 미래를 상상해서 그리는 것이다. 이 인물과 옆에 앉은 반 아이들은 스케치북에 무엇을 그리고 있을까? 작품이 제작되는 시점은 2020년쯤이다.

　　독자나 관객들은 모두 정답을 알고 있다. 21세기 풍경이 어떻게 생겼을지. 그러니 등장인물들이 날아다니는 자동차를 그리면 틀린 미래를 그리는 것이 된다. 하지만 사람들의 손마다 들려 있는 네모난 기계를 그리는 아이가 있다면? 반 아이들 전부가 이동전화기와 와이파이를 그리고 있다면?

　　이 경우에는 틀린 것이 맞고, 맞는 것이 틀리다. 반 아이들 다수가 날아다니는 자동차나 우주선을 그리는 쪽이 이른바 "고증이 잘된" 쪽이다. 마흔 명 중 다섯 명만 이동전화기를 그려도 이 풍경은 뭔가 위화감이 드는 장면이 된다. 차라리 외계인이나 남극하트지느러미오징어를 그리는 편이 낫다.

이 간단한 사고실험을 통해 우리는 20세기 사람들이 생각하는 21세기를 분리해냈다. 실제 21세기가 어떤 모습인지를 따져 비교하는 일은 그다지 중요하지 않다. 그러거나 말거나 20세기의 미래는 날아다니는 자동차로 정해져 있다.

실제로 존재하는 작품을 예로 들어보자. 천문학자 칼 세이건이 쓴 SF 소설 『콘택트』에는 2000년 무렵의 풍경이 좀 이상하게 묘사된다. 냉전이 붕괴되기 얼마 전에 쓴 이 소설은, 외계 문명이 보낸 신호를 해석하는 작업을 계기로 긴밀하게 협력하며 꽤 평화로운 분위기에서 2000년을 맞는 미국과 소련을 그리고 있다. 이것은 틀린 미래다. 소련은 2000년을 맞이하지 못하고 무너졌다. 하지만 칼 세이건의 상상은 오답이기 때문에 정답이 된 예측이다. 국제정치학자들은 실제로 무너질 때까지 소련이 무너지리라는 예상을 하지 못했다. 물론 누군가는 예상을 했겠지만, 냉전이 해체되리라는 전망이 학계의 정설로 인정된 적은 없다. 그러니 『콘택트』를 집필하던 시절의 칼 세이건은 2000년 무렵의 국제정치 상황을 제대로 묘사한 것이다.

그런데 실제 역사에서 소련이 무너진 후, 어느 작가나 편집자가 이 부분의 내용이 사실과 다르니 소련이 붕

괴하는 것으로 작품을 수정해야겠다고 마음을 먹는다면 무슨 일이 일어날까? 이런 시도는 과연 바람직할까? 나라면 수정하지 않고 원래대로 두기를 권하겠다. 1980년대 사람들이 생각하던 21세기는 분명 그런 모습이었으니까.

이쯤 되면 미래가 너무 신성하지 않게 되어버린 건 아닌지 모르겠다. 이무튼 이 사고실험에 담긴 의미는 이런 것이다. "고증이 잘된" 사실적인 작품을 만들려면, 당시 의복이나 유행했던 사물 혹은 라디오에서 흘러나오는 음악 같은 것들을 신경 써서 골라내듯, 그 시대 사람들의 머릿속에 들어 있는 인식도 신경 써서 묘사해야 한다는 것이다.

바로 이 지점이, 인식이 사물과 대등한 정도의 객관성을 획득하는 순간이다. 일반적으로 사람의 생각은 주관적인 것이지만, 잘만 추출하면 꽤 객관적이고 탄탄한 현실의 구성 요소가 되기도 한다(국제정치학의 주요 이론 중 하나인 구성주의가 세계를 설명하는 방식이다).

그리고 SF 작가는 이런 일을 하는 사람이다. 다른 작가들이 어떻게 생각하는지는 알 수 없지만, 적어도 내가 이 일을 대하는 태도는 그렇다. SF는 현실이 아닌 다른 세상을 이야기하는 경우가 많다. 하지만 그 사실 하나만으로 'SF의 상상'이 '현실적인 상상'에 비해 가치가 떨어지는 것은 아니다. 문학이 재현하는 현실은 생각만큼 사실적이지 않다. 상상은 생각 이상으로 현실의 중요한 구성 요소다.

　SF에 담긴 미래는 현재의 반영이다. 단지 현재가 반영되는 방식이 다소 복잡할 뿐이다. 예를 들어 여러 SF 작품에서 외계 행성에 주둔한 인간 군대의 병종이 하필 해병대인 이유는 무엇일까? 실제로 해병대가 우주개발에 깊이 관련되어 있기 때문일까? 그럴 리가 없다. 어느 나라든 우주는 잠재적으로 공군의 진출 영역이다. 그렇다면 왜 해병대가 우주로 진출하는 SF가 자주 눈에 띌까? 현실의 지구에서 해외에 파병되는 미군의 주력이 하필 해병대인 탓이다.

　다시 고증 문제로 돌아가보자. 미국 SF에 나오는 해병대를, 이를테면 「스타크래프트」의 주력 보병인 '마린' 같은 것을, 공군이나 우주군으로 바꾸는 것이 더 좋은 선택일까? 꼭 그렇지는 않다. 해병대가 우주에 나가 있는 이야기와 공군이 나가 있는 이야기는 각각 현실의 다른 측면을 충실하게 반영하는 역할을 하게 될 것이다.

　SF가 현실을 미래에 투사하는 방식이 이러한 탓에, 작품에 등장하는 지엽적인 요소만으로 고증이 잘되었는지를 따지거나, 혹은 그 작은 장치 하나하나가 현실의 무엇을 은유하고 있는지를 개별적으로 확인하는 식의 분석은 적절하지 않을 수 있다. SF가 담아내고 있는 세계의 전체 상을 하나하나의 퍼즐 조각 수준으로 해체하는 접근 방식이기 때문이다.

미래는 일종의 딴 세상이다. 근미래를 배경으로 소설을 쓰는 동기 중에는 분명 복잡한 현실 문제를 피하려는 의도가 숨어 있는 것도 사실이다. 이처럼 SF 작가에게도 현실이 골치 아프기는 마찬가지다. 그래도 SF가 피안의 문학으로 넘어가지 않고 여전히 "대체로 진보적인 문학"으로 남아 있는 것은, 그만큼 많은 작가들이 그 상상의 시간 또한 우리가 속해 있는 현실의 어느 부분을 투사한 결과물이라는 사실을 잊지 않고 있기 때문이다.

SF 작가들은 현실을 반영한 미래를 만들어내는 작업을 해나가는 한편, 세계에 대한 바람직하지 못한 인식과 싸우는 일도 동시에 해나가고 있다. SF는 오랫동안 제국의 장르였지만, 백인 남자가 아닌 사람도 이야기의 주인공이 될 수 있도록 싸우는 사람 또한 SF 작가들이다. 미래에 대한 인식 문제에 관해서라면, SF 작가는 꽤 실질적인 문제에 종사하는 사람이다.

본문의 흐름과는 다소 관련이 없어 보이지만, 아무

튼 이렇게 2020년이 되고 말았다. 의미 없는 숫자에 불과하다지만, 왠지 2019보다는 의미심장해 보이는 숫자다. 누가 이 숫자에다 이렇게 많은 의미를 부여해놨을까? 우리는 어디를 지나 어디로 흘러가고 있을까? 현재가 된 이 미래는 어떤 점이 부족하고 어떤 점이 평범할까, 혹은 특별할까? 생각이 꼬리에 꼬리를 물고 이어지는 무렵이다.

그러다 문득 37세기 독자들에게 당부하고 싶은 말이 떠오른다. 겨우 21세기 정도를 SF의 시간으로 헌정한 20세기 인간들을 비웃지 마시길. 심심하면 인류의 절멸을 상상하곤 했던 그들의 눈앞에는 이보다 몇만 배는 어리석은 선택지가 큼지막하게 놓여 있었으니.

얼렁뚱땅 융합 대소동

    나는 '과학기술창작문예'라는 이름의 공모전을 통해 데뷔했다. 의심의 여지없는 SF 공모전이지만, 이름이 길고 복잡해서 수상자들이 아니면 정확히 기억하는 사람이 거의 없다. 당시 심사를 맡았던 사람들은 물론이고, 심지어 수상자 중 몇 사람도 엉뚱한 이름을 대곤 한다.

    왜 이런 복잡한 이름이 붙었을까? 이 공모전을 후원한 기관에서 SF 공모전이라는 이름을 꺼렸기 때문이다. '과학기술'이라는 부처명과 '문예'라는 단어의 조합을 보면 알 수 있다. SF를 'B급'으로 여기던 시절이었으니 나름대로 고급화를 추구하는 전략이었다고도 할 수 있겠으나, 결과는 오히려 반대다. "나쁘지 않은데?" 하는 사람도 있겠지만, 자기 프로필 첫 줄에 이 공모전 이름을 써넣어 보면 얼마나 무게감이 느껴지지 않는지 금방 알 수 있을 것이다. 그럴 기회가 있는 사람은 별로 없겠지만.

길고 복잡한 이름과의 인연은 여기에서 끝나지 않았다. 대학원을 마치고 2년 조금 못 되게 회사에 다니던 시절, 내가 속해 있던 부서 이름은 '미래전략연구실'이었다. 정보통신○○연구원 미래전략연구실. 어느 날은 동료들 사이에서 가족 중에 회사 이름을 정확히 기억하는 사람이 아무도 없다는 이야기가 화제에 올랐다. 몇 년이나 지났는데도 "그래서 무슨 회사에 다닌다고?" 하는 말을 듣는다는 것이었다. 부서 이름까지 기억해줄 만큼 애정이 있는 직원 가족은 아무도 없는 모양이었다.

그때만 해도 아직 전업 작가가 될 생각을 하지 않던 시절이라 나는 직업이 두 개인 상태였다. 그런데 그 두 가지 경력이 모두 기억이 날듯 말듯 아리송한 이름으로 시작된 것이다. 나는 안갯속을 헤매고 있었다. 오리무중 둘이 더해져 십리무중이었다. 둘 중 하나는 걷어내야 했다.

직장을 그만두고 당분간이라도 집필에 전념하기로 마음먹을 무렵, 부서 이름이 '미래융합전략연구실'로 바뀌었다. 대통령이 바뀌고 실용주의가 유행하면서 정부 부처 이름이 다 길어진 시기였다. 직업이 하나가 되고 안

개가 5리로 줄어들자 빠져나갈 길이 눈에 들어왔다. 나는 그 길로 달려가 전업 작가가 되었다. 융합이라는 광풍이 모든 것을 휩쓸어버리기 직전이었다.

나는 안도의 한숨을 내쉬었다. 이 광풍에 휩쓸렸다가는 내 이름 어딘가에도 융합이라는 말을 붙여야 할 판이었기 때문이다. 그러나 안전시대에 도착했다는 생각은 결국 착각에 불과했다. 그로부터 몇 년 뒤, 문화계에도 융합의 바람이 불어왔다. 눈 감으면 융합당하는 광란의 대소동이 소설가의 안온한 작업실에까지 마수를 뻗친 것이다.

사실 융합은 실패할 수밖에 없는 문예사조다. 과학자들은 이미 알고 있었고, 정보통신업계에서도 유행이 지난 뒤였다. 정보통신업계와 관련 학계는 1~2년 간격으로 유행하는 개념을 만들어내곤 한다. 유비쿼터스, 웹2.0, 융합(컨버전스), 시맨틱스(의미론), 빅 데이터, 사물 인터넷, VR, 인공지능, 블록체인, 4차 산업혁명 등등. 각각의 개념은 유행하는 시기마다, 현대인이라면 반드시 알아야 하는 핵심 키워드로 군림했다. 빅 데이터를 예로 들어보자. 불과 몇 해 전에 유행했던 말이고, '빅 데이터 시대'라고 불릴 만큼 현대사회를 이끌어갈 핵심 요인으로 다뤄지던 개념이다. 그런데 지금은 어떤가? 그때의 빅 데이터

전도사들은 지금도 여전히 빅 데이터의 복음을 전파하고 있는가? 실제 종사자들은 지금도 관련 연구를 계속하고 있겠지만, 빅 데이터 전도사들은 대부분 다른 슬로건을 외치고 있을 것이다. 유행어였기 때문이다.

융합도 그런 유행 중 하나다. 인류의 인터넷 활용 기술이 유의미한 단계에 이르면서, 그전에는 따로따로 처리해야 했던 일들을 까딱까딱 손가락 움직임만으로 해결할 수 있게 된 시기의 장밋빛 미래 전망이다. 물론 틀린 예측은 아니고 나도 이 전망에 상당 부분 동의하지만, 그래도 다음 유행어에 자리를 내준 개념이라는 점은 의심의 여지가 없다. 특히 한국 정보통신업계에서 융합의 결말은 대단히 구체적이고 또 그만큼 허무하다. 인류 문명의 진화 같은 거대한 이상이 아니라, IPTV 도입을 끝으로 흐지부지 막이 내렸기 때문이다.

그렇게 허무하게 끝난 유행이 몇 년이나 지난 뒤에 문화계에서 부활한 것이다. 그래서 나는 어느 출판 관계자에게 "요즘 융합이라는 게 유행이에요"라는 말을 듣자마자 이렇게 반문했다. "아직도 그걸 하는 데가 있어요?"

유행이든 아니든 잘만 되면 나쁠 게 없지만, 그래도 융합이 실패할 수밖에 없는 결정적인 이유는 '어떤 식으로 합칠 것인지'에 관한 청사진을 아무도 갖고 있지 않아

247

서다. 융합融合은 녹여서 하나로 합친다는 뜻이다. 그런데 이 말의 원조인 컨버전스convergence는 사실 녹여서 합친다는 뜻조차 아니다. 그것은 수렴하고 접근한다는 의미다. 녹여서 합친 것은 원래대로 되돌려놓을 수 없지만, 수렴해 있는 요소들은 수렴이 끝나면 다시 원래 자리로 돌아갈 수 있다. '융합convergence'이라는 표현 자체만 놓고 봐도 뭘 어떻게 합칠 것인지에 대한 상반된 입장을 발견할 수 있는 셈이다.

융합이 문화계로 넘어왔을 때, 그것이 시대정신이라고 외치는 사람들 대다수에게는 어떻게 합칠 것인지에 관한 설계도가 없었다. 컬래버레이션과 컨버전스는 어떻게 다른가? 퓨전은 왜 안 되고, 하이브리드는 왜 시대정신이 아닌가? 이런 고민을 전부 생략한 채, 이질적인 요소 두 가지를 합치기만 하면 융합이라는 이름을 얻을 수 있었다. 융합 시대 마지막에는 이마저도 '과학과 인문학의 만남'으로 압축되었다. 심지어 여기에서 말하는 인문학은, 예술과 사회과학과 인문학을 같은 것으로 잘못 파악한 개념이었다.

어쨌거나 융합을 중심으로 정부 지원금이 돌았으므로, 나 같은 SF 작가들에게도 융합에 참여할 기회가 주어졌다. 어떤 경우에는 이미 몇 년째 진행 중이던 활동에 융합이라는 단어가 새로 붙기도 했다. 마치 미래전략연구실이 미래융합전략연구실로 바뀐 것처럼.

이런 프로젝트에 SF 작가가 호출된 것은, 어느 날 문득 프로젝트 담당자가 과학과 인문학(예술+사회과학+인문학)의 만남을 이미 실현하고 있는 사람들의 존재를 떠올렸기 때문이다. '아, SF 작가라는 게 있었지!' 하고 말이다. 추측이 아니고 여러 차례 실제로 들은 이야기다. 이미 그런 일을 하고 있던 사람, 그게 바로 SF 작가다. 융합 광풍의 가장 난감한 점은, 그런 SF 작가를 참여시킨 다음에 거기서부터 다시 융합을 해보라고 주문한다는 점이다.

말하자면 이런 식이다. 내가 가장 최근에 낸 소설집의 제목은 『예술과 중력가속도』다. 제목만 봐도 이미 과학과 인문학의 만남인 셈이다. 그런데 이 책을 이대로 두면 융합이 아니다. 그냥 '인문학'이다. 여기를 출발점으로 과학과의 융합을 한 번 더 해내야 진짜 융합으로 인정받는다. 이를테면 『예술과 중력가속도와 뉴트리노』 같은 것을 써내야 한다는 뜻이다.

우리는 사실 누가 무슨 의도로 융합 같은 것을 유행시켰는지 알고 있다. 권력이다. 지나간 일은 대충 덮고 어서 미래로 넘어가고 싶은 권력의 기획이었기에, 별다른 계획 없이도 그 많은 돈이 돌고 이미 실패가 예정된 슬로건이 몇 년이나 유행했다.

그 기간 동안 한국에는 '미래부'가 생겼다 사라졌다. SF 작가에게, 미래부가 있는 나라에서 살아보는 것은 재미있는 경험처럼 들리는 일이다. 마법부가 있는 나라에서 실제로 살아본 판타지 소설 작가 같은 느낌으로 말이다. 그러나 미래부의 정식 명칭인 '미래창조과학부'란 또 무엇인가? 과학기술창작문예나 미래융합전략연구실 같은 언어의 오리무중이 아닌가.

권력은 새로운 것이 만들어지기를 원했다. 그래서 좀처럼 섞이지 않을 것처럼 보이는 이질적인 요소 둘을 섞으라고 주문했다. 그러면 무언가가 튀어나온다는 인터넷 컨버전스의 예언을 믿은 탓이다. 공교롭게도 인터넷을 유난히 싫어했던 정부가 말이다. 그런데 융합의 재료로 투입된 요소들은 왜 애초에 '좀처럼 섞이지 않을 것처럼' 보였을까? 실제로도 잘 안 섞이기 때문이다. 섞이기 힘드니까 상온에서 서로 반응하지 않고, 그래서 별개의 영역으로 남아 있는 것이다. 이런 요소들을 섞으려면 특별한 공식이 필요하다. 그런데 과연 그게 뭘까?

권력에 질문해봐야 뾰족한 답을 듣기는 힘들다. 권력은 이런 답을 되돌려준다. "그러니까 그 공식을 찾아내라고 국가가 당신한테 돈을 주는 거야." 비슷한 질문을 한 사람이 나 하나는 아니었던지, 다음에 참여한 프로 젝트에는 아예 이런 조건이 걸려 있었다. "융합을 어떻게 해낼지 계획을 제출할 것."

창작자들은 답을 아는 경우가 많다. 말로 설명할 수는 없어도 몸으로는 어렵지 않게 재현해낼 수 있다는 의미다. 빼어난 예술가들의 영감은 한 영역에만 머무르지 않는다. 미술에 조예가 깊은 소설가나 악기를 능숙하게 다루는 연출가처럼, 창작자들의 세계에서는 이질적인 영역에 공감각적으로 작용하는 재능을 목격하는 일이 드물지 않다. 전문화가 이루어질 만큼 풍요롭지 않은 영역에서 활동하는 예술가들에게는 일인다역이 필수다. 물론 분업이 잘 이루어진 환경에서도 예술은 흔히 종합예술의 형태로 발전한다. 이처럼 창작자들은 이질적인 요소를 엮어 새로운 결과물을 만들어낸 다음, 녹아서 하나가 되지 않고 다시 각자의 자리로 돌아가는 일을 큰 어려움 없이 해낼 줄 안다.

그렇다면 뭐가 문제인가? 예술을 지원하면서(구매가 아니다) 무언가를 명시적으로 요구했다는 점이 문제다. 거기에 더해, 요구하는 내용이 정확히 무엇인지를 스스로도 몰랐다는 사실 또한 빼놓을 수 없다. 권력은 '창조경제'를 원한다고 명시적으로 밝혔으나 그게 무슨 소리인지는 마지막 순간까지 답하지 못했다. 창작자들은 이런 식의 주문이 무엇을 뜻하는지 잘 알고 있다. "이건 아닌데" 하고 여러 번 얼버무리다가 누가 봐도 괜찮은 결과물을 보고 나서야 "그래, 이게 바로 내가 기획했던 거야!" 하고 주장하겠다는 의미라는 것을.

조건이 달린 지원과 뒤늦게 밝혀진 검열의 시기에, 창작자들은 중요한 권리 하나를 잃었다. 내가 대답할 질문은 내가 직접 던질 권리다.

일반적으로 창작자는 근사한 답을 내놓기에 가치 있는 사람으로 여겨진다. 그런데 이것은 창작자가 하는 역할의 절반에 불과하다. 창작자는 사실 기가 막힌 질문을 도출해내는 사람이어야 한다. 때로는 짤막한 창작물이 대작에 버금가는 여운을 남기기도 하는 것이 예술이다. 왜 그럴까? 모두가 대답해보고 싶을 만큼 좋은 질문을 찾아냈기 때문이다. 전위前衛, avant-garde란 어떤 사람들인가? 매끈해 보이는 세상에 작은 균열을 내어, 뒤따르는 사람들이 전선이 형성된 모양을 보고 적절한 곳에 달려들게 만드는 역할을 하는 자들이다. 그러므로 예술의 자유 혹은 표현의 자유에는 대답할 질문을 고를 자유가 포함되어야 한다.

이 글에서는 주로 권력 이야기를 다루고 있지만, 창

작자의 질문을 막는 것이 자기 나라 정부만은 아니다. 돈이나 명예 같은 뻔한 요인도 있지만, 개인적인 친분이나 이웃 나라 사람들의 불매운동처럼 언뜻 눈에 보이지 않는 요인도 작가를 침묵하게 만든다. 침묵하는 작가는 어떻게 될까? 다른 에피소드에 비해 크게 주목받지는 못했지만, 『타워』의 두번째 단편 제목은 「자연 예찬」이었다.

다행히 융합의 시대는 지나갔고, SF 공모전의 이름도 꽤 짧아졌다. 내 경력도 슬슬 언어의 안개를 지나 조금씩 모습을 드러내리라 믿는다.

얼마 전에 나는 관에서 주도하는 어떤 위원회에 참석했다. 스무 명쯤 되는 참석자 리스트에는 참석자들의 소속과 직함이 이름과 함께 기록되어 있었다. 나는 내 이름 옆에 있는 직함을 확인했다. "SF 작가." 모인 사람 중 제일 짧은 설명이었다. 나는 그 간결함이 마음에 들었다. 숱한 언어의 오리무중을 지나는 동안에도 나는 내내 SF 작가였다. 헷갈린 쪽은 내가 아니고 나를 대하는 타인들이었다.

우리가 연대한다면

나는 마감에 쫓기지 않는다. 특별한 비결은 없다. 마감일이 되기 훨씬 전부터 미리 전전긍긍하는 것뿐이다. 나는 마감에 몰리는 상황이 두렵다. 주간지나 월간지가 아닌 이상 하루 이틀 늦는 것쯤은 아주 큰일이 아니라는 사실을 나도 알고 있다. 내가 아니어도 누군가는 날짜를 못 지킬 테니까. 그러니까 이것은 일종의 공포증이다. 『타워』에 나오는 저소공포증 같은 것이다. 674층 건물에서 나고 자란 사람이 1층에 내려가는 일을 두려워하는 것처럼, 나는 마감일에 아직 완성되지 않은 원고를 붙들고 있는 장면을 상상하는 것이 두렵다. 그냥 그게 마감을 잘 지키는 비결이다.

그래서 나는 작가들의 일상 서사 중 제일 인기 많은 농담에 끼지 못한다. "글은 마감이 쓰는 것"이라는 말에 공감할 수 없는 탓이다. 이 글의 주제도 '마감'이 아니다. 그보다는 작가가 겪는 삶에 관해 이야기해보려고 한다.

나는 계약서를 열심히 들여다보는 작가다. 특히 최저선 이하의 조건으로 청탁이 들어오면, 문제를 제기하고 이런 질문을 되돌려받는 사람이다. "다른 작가님들은 아무 말씀 안 하시는데 왜 작가님만 그러세요?" 이런 피곤한 삶, 이것이 내 이야기다.

그런데 왜 나만 그런 질문을 했을까? 우선은 "궁금한 게 있으시면 언제든지 문의하세요"라는 말을 곧이곧대로 믿었기 때문이다. 하지만 내가 정말로 궁금한 것은, 왜 다른 작가들은 그런 엉터리 같은 조항을 보고도 문제를 제기하지 않았나 하는 점이다.

가장 먼저 떠오르는 설명은, 내가 이 책에서 저술업자의 가장 순수한 사업 모델이라고 누누이 강조한, '책을 팔아서 돈을 버는 일'이 주요 수입원이 아닌 저자들의 경우다. 다른 직업이 있는 사람들, 이를테면 대학교수나 무슨 무슨 기관의 연구원, 개인 사업체를 운영하는 사람 등이 여기에 해당한다. 이런 저자들은 실제로 계약 조건에 큰 관심이 없다. "어차피 돈 보고 하는 일도 아닌데요, 뭘" 하고 사람 좋게 말하면서 어려운 출판계 사정을 헤아리기까지 한다. 선의에서 나오는 행동이지만, 전업 작가 입장에서는 이런 태도를 무작정 환영하기가 어렵다. 저술업이 주요 수입원인 사람들의 협상력을 한없이 떨어뜨리는 일이기 때문이다.

프리랜서 세계에는 경력이 쌓인 창작자일수록 나쁜 조건을 덜컥 받아들여서는 안 된다는 암묵적 룰이 있다. 협상력이 있는 사람이 업계 전체의 작업 조건을 개선하기 위해 노력하지 않으면, 협상력이 없는 창작자들에게는 더 나쁜 조건이 제시되리라는 믿음 때문이다. 그런데 다른 직업이 있는 저자들은 이런 행동 규범을 공유하지 않는다. 물론 그들도 본업이라고 생각하는 직업의 윤리에는 충실하겠지만, 저술업에서만은 그렇지 않다. 이 영역에서 그들은 프로가 아니기 때문이다.

이 문제는 협상력이 있는 작가 몇 사람이, 좋지 않은 조건을 제시하는 기획을 차례로 거절한 경우에 현실화된다. 개별화된 작가가 동료들을 위해 취할 수 있는 행동은, 나쁜 조건을 받아들이지 않는 것이 전부다. 하지만 누군가는 그 조건을 덜컥 받아들이고 만다. 파편화된 개인 창작자들의 개별적인 집단행동이 결국 실패하고 마는 이유다.

두번째로 떠오르는 설명은, 신인급 창작자의 사정이다. 신예 프리랜서는 업계의 사정이나 암묵적 룰을 파악하기가 어렵다. 말 그대로 암묵적인 규칙이므로, 새로 업계에 진입한 사람이 그런 규칙을 이미 파악하고 있는 게 더 이상한 일이다. 이 부분은 사실 큰 문제가 아니다. 문제는 다음 경우다.

다른 직업이 있는 저자가 나이브한 태도 때문에 계약서를 자세히 들여다보지 않는 것과는 정반대로, 신인급 창작자는 절박한 마음 때문에 나쁜 계약 조건을 받아들인다. 나 또한 그런 시절을 거쳤기에 충분히 이해가 되는 일이다. 신인에게 중요한 것은 작품을 선보일 기회다. 지면은 무엇보다 소중하지만, 인지도가 높지 않은 창작자에게는 좀처럼 배분되지 않는 기회이기도 하다. 욕심이기도 하고 욕망일 수도 있으나, 업계는 욕망을 지닌 신인의 존재를 전제로 구성되어 있다. 스스로 기회를 찾아 지면이 있는 곳의 문을 두드리는 행위를 적극 장려하는 시스템인 셈이다. 그러므로 이 두번째 부류 또한 업계를 망가뜨리려는 행위로 분류할 일은 아니다. 다만 의도가 중립적이었다고 결과가 저절로 좋아지지는 않는다. 파편화된 집단행동은 결국 개별 구성원들의 이익에 큰 도움이 되지 않을 때가 있다.

그렇다면 왜 다른 작가들은 아무 말도 안 하는데 나만 유독 귀찮은 질문을 한 걸까.

세번째 설명은 의심에서 비롯된다. 정말로 다른 작가들이 아무 말도 안 한 게 맞을까? 이 질문에 대한 답은 찾아낼 방법이 없다. 아무 말도 하지 않고 사인을 한 동료가 있다는 사실은 자주 확인되지만, 적은 수라도 나처럼 문제를 제기한 사람이 또 있었는지는 도통 알 수가 없다. 우리 상대방이, 문제를 제기한 사람들을 서로 연결해주지는 않기 때문이다.

여기에서 네번째 가설이 도출된다. 같은 기획에 투입되어 몇 달 동안이나 일종의 공동 작업을 진행했던 우리는, 애초에 다른 사람이 뭐라고 말했는지 알 방법이 없는 상황에 놓여 있었던 것이다.

이것은 타이밍의 문제다. 일의 조건에 관해 협상할 때 우리는 독서실 책상처럼 칸막이가 세워진 공간에서 개별적으로 "예" 아니면 "아니오"로 판단을 내린다. 그런 다음 일이 시작되면, 칸막이가 없는 커다란 테이블에 둘러앉아 작업물에 관해 소통하고 교류한다. 결과물이 나오고 홍보 단계에 들어간 다음에야 처음으로 대화를 나누고 단체 사진을 찍는 경우도 적지 않다. 창작자들이 모이는 것은 금기가 아니고 때로는 모여 있는 순간이 창작의 가장 결정적인 장면으로 그려지기도 하지만, 그 아름다운 만남이 이루어지는 시기는 공교롭게도 모든 작업이 끝난 뒤다. 다른 예술 장르에서는 좀더 일찍 만나는 경우도 많겠지만, 소설가에게 그 만남은 일이 끝난 다음에나 성사되는 게 보통이다.

물론 참여자 개개인이 계약을 마친 뒤에 일이 시작되는 게 일반적인 절차이기는 하다. 다른 사람에게 계약조건이 알려지는 게 싫은 사람이 있을 수도 있다. 그런데 어딘가 이상하지 않은가? 어차피 같은 책에 참여한 저자에게는 똑같은 계약서가 제시되는 업계이니 말이다. 이를테면 이런 문제다. 모두에게 공통으로 적용되는 조건 때문에 개별적으로 조율할 여지가 없는 상황이라면, 적어도 그 공통 조건만은 공동으로 논의했어도 되지 않을까? 특정한 책에 관해 이야기하기가 서로 곤란하다면, 모든 작가와 모든 책에 관해 모든 관계자가 고민하는 형태로라도.

당연히 이 일은 말처럼 쉽지만은 않다. 창작자들은 성장 단계에 따라 대단히 상이한 입장에 서게 된다. 어떤 작가에게는 발표 기회가 무엇보다 소중하고, 어떤 작가에게는 최저 기준을 방어하는 일이 그에 못지않게 중요할 수 있다. 그런데 앞에서도 쓴 것처럼, 최저 기준을 방어하려는 작가의 개별 행동은 해당 기획을 보이콧하는 형태로 나타나는 경우가 많다. 지면이 하나라도 더 생기기를 바라는 동료 창작자에게 이 행동은 업계 전체를 부정적인 상황으로 몰아가는 행위로 보이기 쉽다. 반대의 경우도 미찬가지다. 받아늘여서는 안 되는 조건을 누군가가 덜컥 받아들였다는 소식이 들려오면, 사정을 대강 짐작하면서도 어쩐지 입맛이 씁쓸해진다.

이처럼 서로가 서로를 이해하는 것은 말처럼 쉬운 일이 아니다. 창작자의 삶은 누구에게나 절박하다. 그래봐야 아무 도움도 안 된다는 사실을 뻔히 알면서도 창작자들은 쉽게 질투에 사로잡힌다. 꽤 탄탄하게 자리를 잡았다고 여겨지는 작가조차 흔들리는 땅 위에 집을 짓고 산다고 느끼는 경우도 많다. 그렇지 않겠는가? 정말로 성공한 예술가는 한 줌도 되지 않으니.

우리는 늘 불안하고, 누군가에게 뒤쳐져 있으며, 많은 경우 실제로 절박한 지경에 이르러 있다. 그래서 서로를 돌볼 여유가 없다. 자고로 예술가란 다른 사람에게 손을 벌리지 않는 것만으로도 한 사람 몫은 다 하는 게 아니던가. 그러니 내 한 몸 잘 건사하는 것이야말로 모두에게 이로운 일이다. 우리가 각자의 칸막이 안에 갇혀 있다면.

현대인은 누구나 성공을 거두고 싶지만, 그 욕심은 참 희한하게도 생겼다. 모두가 보는 곳에서 차곡차곡 쌓아가는 것이 아니라, 아무도 모르는 곳에서 나 혼자 덜컥 성공한 다음 보란 듯이 원래 있던 동네로 돌아오는 "금의환향"의 형태를 하고 있다는 점에서 그렇다.

예술가의 욕망도 마찬가지다. 그런데 나쁜 의도를 가지고 접근하는 사람들은, 어떻게 아는지 이 마음을 노리고 귀신같이 달려든다. 표현을 이렇게 하기는 했지만, 사실 "어떻게 아는지"를 설명하는 것은 그다지 어려운 일이 아니다. 사람 마음은 대강 다 이렇게 생겼고, 삶을 통틀어 손에 꼽을 만한 큰 사고는 이런 욕심을 부리다가 내게 되는 법이니까. 우리가 각자의 칸막이에 갇혀서 산다면 말이다.

『첫숨』의 '스페이스콜로니'는 우주에 떠 있는 도시다. 원통의 안쪽에 붙어 서 있기에 발아래가 우주 공간이고 머리 위가 구조물의 중심축이다. 지구에 서 있는 것과는 방향이 반대다. 위가 중심이고, 아래가 바깥이다. 적지 않은 독자가 이 설명만 듣고도 왠지 복잡할 것 같다는 생각을 하고 있을 것이다.

그래서 이 도시를 설계한 사람들은(결국 나다) 주민들이(결국 독자다) 이 낯선 구조를 망각하게 하려고 인간의 시선을 활용한다. 한 방향만 보도록 진화된 인간의 눈을 속여, 전체 구조를 보지 않고 자기 삶의 공간에 집중하도록 시선을 이끄는 것이다. 방법은 우주 도시의 공간을 세밀하게 나누는 것이다. 개인에게 할당된 그 작은 칸막이 안에서 개인의 삶이 펼쳐지는 구체적인 공간의 생김새는 지구에서의 삶과 크게 달라 보이지 않는다. 이 소설의 도입부 또한 같은 전략으로 구성되어 있다. 이야기가 꽤 진행될 때까지 나는 독자에게 스페이스콜로니라는 공간을 보여주지 않는다. 현실 세계의 독자가 이 난감한 공간에 지레 겁먹지 않도록 하기 위해서다.

사실 그렇게 생기기는 지구도 마찬가지다. 지구가 둥글다는 사실은 누구나 알고 있지만, 천문학자가 아니면 일상 공간에서 둥근 행성 위의 삶을 떠올리는 사람은 드물다. 우리 삶이 펼쳐지는 공간은 꼭 평면처럼 생겼다. 그렇게 생각하고 사는 게 마음 편하다. 포기하고 살라는 의미가 아니라 그편이 더 익숙하다는 이야기다.

우리 창작자들에 관한 이야기도 그렇게 미분하듯 파편화되어 있다. 개인의 데뷔, 개인의 성장, 개인의 성공과 금의환향, 혹은 오랜 기다림. 하지만 어느 날 우리가 우리 주위에 놓여 있는 칸막이를 걷어내고 같은 공간 안에서 같은 방향을 바라보며 서는 날이 온다면, 우리는 무슨 일을 해낼 수 있을까?

2017년 12월에 한국과학소설작가연대가 만들어졌다. 대표가 된 정소연 작가가 나를 지명하는 바람에 나는 덜컥(투표를 거쳐) 부대표가 되고 말았다. 그 후로 2년간 나는 매월 사용할 수 있는 선량함의 상당 부분을 이 단체에 털어 넣었다. 직장인 월급 바닥나듯 금방 동나는 선의였지만, 다행히 정소연 작가가 나보다 훨씬 많은 애정을 쏟아부을 수 있었고, 얼떨결에 임원진에 합류한 김초엽 작가의 기여도 그에 못지않았으므로 단체를 꾸려나가는 데에는 부족함이 없었다. 그러자 사람들이 모여들어 일을 덜어주었다. 모든 일을 세 사람이 다 챙길 필요가 없도록.

이렇게 연대가 형태를 갖춰가자, 단체 이름이 열 자나 되는 게 불편했는지 줄여서 부르는 사람이 안팎에서 생겨났다. 예를 들면 '과소연' 같은 이름이었다. 그래도 우리 세 사람은 임기 2년 동안 'SF작가연대'라는 공식 약칭을 고집했다. 그러면서 나는 이런 생각을 했다. '저 많은 단어 중에, 제일 자주 생략되는 말은 역시 "작가"구나.'

우리가 연대한다면.

많은 동료 작가들이 오랫동안 그런 상상을 했다. 우

리에게는 우리 이름을 제대로 불러줄 사람이 많지 않았으므로. 그리고 우리는 그 일을 시작했다. 최초는 아니겠지만, 2017년에도 우리가 다시 그 일을 해냈다는 사실은 여전히 상당한 의미가 있다. 그로 인해 우리는 작가들의 연대에 관해 오래 고민하고 토론할 수 있었다.

우리가 연대한다면, 우리는 늘 있던 그 자리에 똑같이 서서 예전에는 볼 수 없었던 새로운 풍경을 보는 법을 배우게 될 것이다. 우리는 쉽게 지워지지 않을 것이고, 또한 서로의 이야기를 조금 더 잘 이해하게 될 것이다. 우리가 각자의 칸막이에 갇혀 지내지 않는다면 말이다.

단행본

김초엽, 『우리가 빛의 속도로 갈 수 없다면』, 허블, 2019.

다나카 요시키, 『은하영웅전설 1』, 강동욱 옮김, 대원씨아이, 2018.

렘, 스타니스와프, 『사이버리아드』, 송경아 옮김, 김형진 그림,
　　　오멜라스, 2008.

리보우, 엘리어트, 『길모퉁이 남자들』, 엄신자 · 이준우 옮김,
　　　인간과복지, 2001.

배명훈, 『타워』, 오멜라스, 2009 ; 문학과지성사, 2020.

　　　『끼익끼익의 아주 중대한 임무』, 이병량 그림, 킨더랜드, 2011.

　　　『신의 궤도 1, 2』, 문학동네, 2011.

　　　『은닉』, 북하우스, 2012.

　　　『총통각하』, 이강훈 그림, 북하우스, 2012.

　　　『청혼』, 문예중앙, 2013.

　　　『첫숨』, 문학과지성사, 2015.

『예술과 중력가속도』, 북하우스, 2016.

『고고심령학자』, 북하우스, 2017.

『춤추는 사신』, 노상호 그림, 미메시스, 2018.

「접히는 신들」, 『문학동네』 96호(2018 가을).

베버, 막스, 『프로테스탄티즘의 윤리와 자본주의 정신』, 박성수 옮김,

　　문예출판사, 2009.

세이건, 칼, 『콘택트 1, 2』, 이상원 옮김, 사이언스북스, 2001.

오웰, 조지, 『1984』, 정회성 옮김, 민음사, 2003.

정세랑, 『옥상에서 만나요』, 창비, 2018.

　　『덧니가 보고 싶어』, 난다, 2019.

정소연, 『옆집의 영희 씨』, 창비, 2015.

조미니, 앙투안 – 앙리, 『전쟁술』, 이내주 옮김, 책세상, 2005.

클라우제비츠, 카를 폰, 『전쟁론』, 김만수 옮김, 갈무리, 2016.

영화

「대괴수 용가리」 (감독: 김기덕)

「스타워즈: 깨어난 포스」 (감독: J. J. 에이브럼스)

「아바타」 (감독: 제임스 카메론)

「트랜스포머」 (감독: 마이클 베이)